Kadokawa Fantastic Novels
KONO
SUBARASHII
SEKAI NI
SYUKUFUKU
WO!
U0074694
為美好的
世界獻上祝福！
3

惠惠
「呼哈哈哈哈哈哈哈！
這就是我覺醒後的
真正力量！」

「等等，
妳到底做了什麼啊啊啊啊啊啊啊啊啊啊！」
芸芸

「我的主人就是你了，和真！
本人，達斯堤尼斯・福特・拉拉蒂娜
即刻起隸屬於佐藤和真！」
達克妮絲

和真
「妳這傢伙竟然真的戴上去了！」
「妳到底為什麼要這麼做呀！」
克莉絲

「上一次和巴尼爾先生認真戰鬥，
應該是我還是人類的時候吧。」
維茲

「嗯。當時的汝是個內心充滿驕傲和勇氣的頂尖冒險者。」
巴尼爾

為美好的世界獻上祝福！繞道而行！第3次！

YORIMICHI!

CONTENTS

KONO SUBARASHII SEKAI NI SYUKUFUKU WO! YO RI MI CHI! 3kaime

為美好的世界獻上祝福！繞道而行！第3次！

YORIMICHI!

暁 なつめ
illustration 三嶋くろね

Kadokawa Fantastic Novels

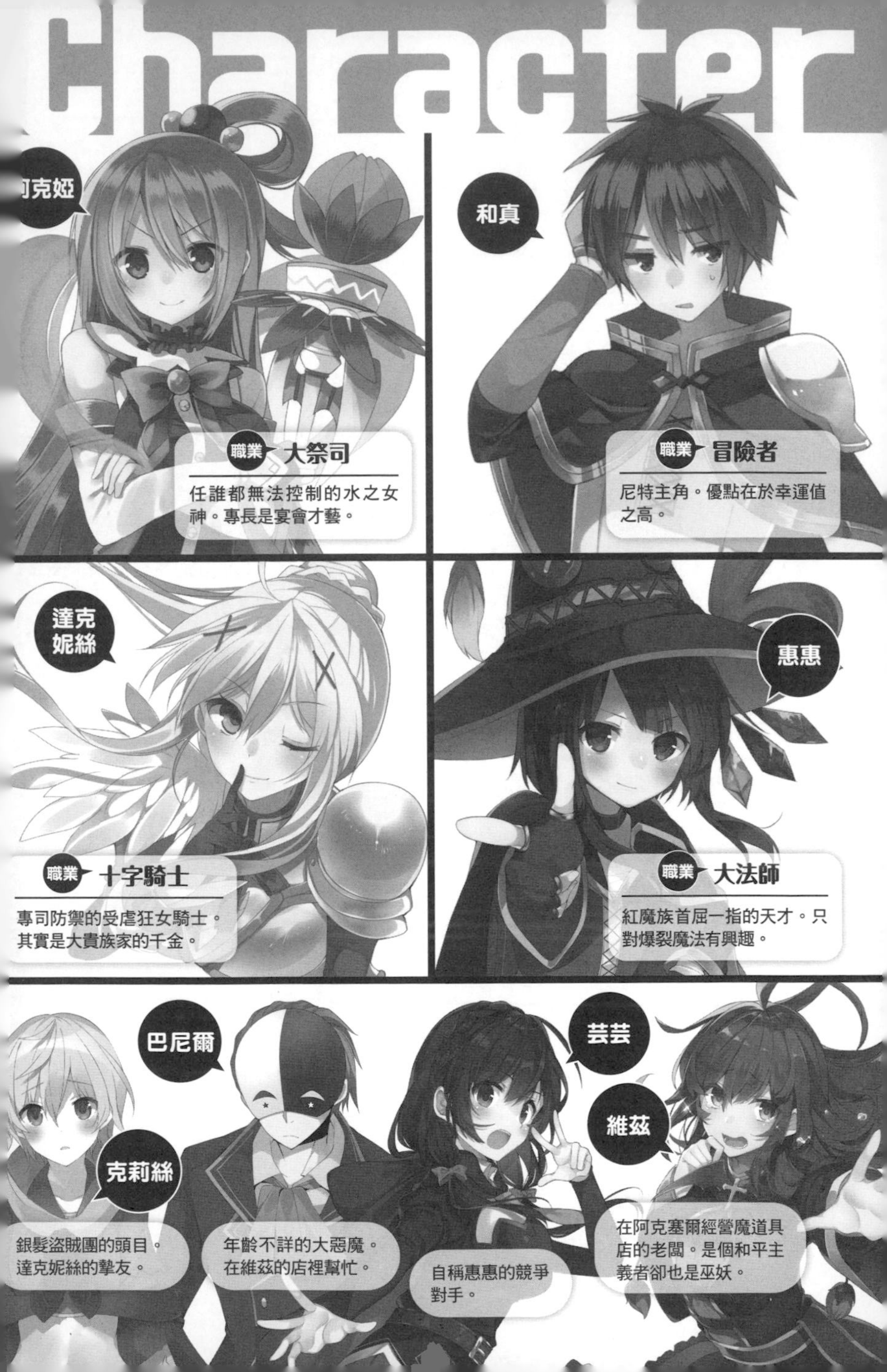

Character

克婭

職業 大祭司

任誰都無法控制的水之女神。專長是宴會才藝。

和真

職業 冒險者

尼特主角。優點在於幸運值之高。

達克妮絲

職業 十字騎士

專司防禦的受虐狂女騎士。其實是大貴族家的千金。

惠惠

職業 大法師

紅魔族首屈一指的天才。只對爆裂魔法有興趣。

紅色邪惡惡魔！

1

自從我們在阿克塞爾定居，也過了一段時日。

儘管剛來到這個世界時背負鉅額債務，但是欠的錢已經徹底還清，如今正過著平靜的日常生活。

「我想出去旅行。」

聽到阿克婭這番彷彿要將平靜的日常生活扔掉的發言，我懶洋洋地躺在沙發上開口：

「想去旅行是可以，可是明天不是輪到妳做飯嗎？」

這棟豪宅常見的日常。

我們明明就能安穩過日子，真希望她不要做什麼多餘的事。

「放心啦，今天晚餐之前就會回來。」

那不叫旅行，而是野餐。

「所以我猜妳一定是自己一個人會害怕，想要我們陪妳一起去吧？」

包含這傢伙的天敵蟾蜍在內，外頭的世界充滿危險。

阿克婭基本上是個膽小鬼，肯定會像往常一樣拜託我們……

「今天只要達克妮絲陪我就好，和真和惠惠都不合格。」

……………

「好，惠惠守住玄關，別讓她逃跑了。才過了幾天平靜的日子，這傢伙就忘記得意忘形會吃苦頭。」

「沒問題。就讓她切身體會一下隨便說別人不合格會有什麼下場吧。」

「你們別這樣，我只不過是多說了兩句，我道歉。對不起嘛。可是我真的拿你們沒辦法，和真先生很貪心，惠惠又會趁人不注意時施放爆裂魔法。」

我明白她沒有絲毫要道歉的意思了。

讓惠惠擋在玄關不讓阿克婭逃走的同時，我捲起衣袖慢慢逼近，心裡想著要給她什麼樣的教訓。

「唔啊啊啊啊啊啊達克妮絲救我！我明明沒有做錯什麼事，他們卻打算對我做些過分的事情！」

「沒、沒有吧。我在廚房都聽到了，說別人不合格或貪心都不太好喔……」

聽到阿克婭的求援，達克妮絲手拿著茶具一臉困惑地現身了。

側眼看著達克妮絲為大家倒茶，姑且問了一句：

「我知道妳要去野餐了，不過目的是什麼？」

「不是野餐，是旅行。我想去撿形狀奇怪的石頭。附近的河我全都找遍了，所以這次要遠征到山上的河。」

這個旅行的目的還真是有夠無所謂的。

「我是很想帶你們一起去，不過若是找到不錯的石頭，感覺會被和真先生搶走吧？然後惠惠很沒耐性，感覺做不來撿石頭這種瑣碎的事，感到無聊就會在山上施放爆裂魔法。」

很遺憾，我並沒有收集破爛的興趣，但是對於惠惠的預想倒是很有可能。

現正守在玄關前方的當事人悄然移開視線。

「這樣啊。那我和惠惠就待在家裡，在被弄哭之前趕緊回來吧。」

「達克妮絲，阿克婭就拜託妳了。遇到怪物的話別逞強，要乖乖逃跑喔？」

「等等，已經確定要我陪她去了嗎？我只有不好的預感！」

正在喝茶的達克妮絲連忙反對，然而阿克婭抓住她的手站起身來。

「保護祭司是十字騎士的工作沒錯吧？走吧，我想在晚餐前回來，趕快出發吧！」

「等、等等阿克婭！要我陪妳去是沒關係，至少讓我穿鎧甲……！」

留在家裡的我和惠惠目送絕對會出事的阿克婭，還有被她拉著走的達克妮絲離去——

2

惠惠推開了店門。

「我們來玩嘍——」

這裡是由巫妖和惡魔共同經營的維茲魔道具店。

送走阿克婭後，感到無聊的我們來到維茲的店裡玩，想看看有什麼有趣的東西——

「歡迎光臨，惠惠小姐、和真先生。你們來得正好，巴尼爾先生有事出門了，我正覺得無聊呢。」

維茲笑著迎接我們的到來。看了一下店裡，確實沒見到那個兼職面具惡魔的身影。

為了維持揮金如土的店長的經濟狀況，今天也在某個地方忙著賺錢吧。

「我現在就去泡茶，你們看看店裡的商品吧。」

「喔，謝謝。那我們就隨便看看了。」

儘管最近有些分不清這間店到底是魔道具店還是喫茶店，但我們還是趁著維茲勤快地為我們泡茶之時，打量起商品架上的商品。

這時，惠惠拿起放在商品架上的紅色石頭。

這傢伙姑且也算是年輕女孩，大概到了對這種像是寶石的東西感興趣的年紀了吧。

「維茲，這個『禁忌的赤血石』是什麼東西？淡淡的紅色真漂亮，究竟有什麼禁忌的效果呢？」

看來她只是被石頭的顏色和名字吸引而已。

聽到雙眼放光的惠惠提出的問題，維茲稍稍偏頭思考了一下回答：

「啊啊，那是阿克婭大人之前撿到的紅色石頭，名字是巴尼爾先生取的。就只是普通的石頭，沒有任何效果，可是巴尼爾先生表示只要煞有其事地擺在商品架上，就會有紅魔族買下它……」

就在我阻止聽到解釋的惠惠將石頭扔進垃圾桶時——

「話說回來，芸芸小姐之前在這裡買了些紀念品，要帶回去紅魔之里送人喔。」

「她買了什麼！我突然想起來正好想要買些東西！」

先不管看透紅魔族生態的巴尼爾，在店裡東張西望的我拿起某個東西。

「欸，這個戒指是什麼？沒有標示商品的名字也沒有說明，就連標價都沒有。」

我找到一枚黑色戒指，它的外型十分危險，看起來相當不吉利。

這個戒指不是放在商品架上，而是被擺在桌角，所以有可能不是商品。

「那是……我沒什麼印象呢。應該是巴尼爾先生進的貨，可以給我看看嗎？」

我將戒指交給維茲後，她用類似放大鏡的魔道具開始鑑定那個商品。
維茲將戒指放在手掌上仔細觀察，表情逐漸變得嚴肅起來。
「這個戒指的名字應該是『惡魔之戒』，上面附有強大的詛咒。戴上這個戒指的人會獲得強大的黑暗之力，相對的獲得力量的人似乎要付出某種代價。巴尼爾先生怎麼會把這種危險的東西擺在店裡……」
維茲的話還沒有說完，手上的戒指突然被人拿走。
惠惠毫不猶豫地把那個被詛咒的戒指戴在無名指……
「喂喂喂喂喂喂！妳、妳這傢伙幹嘛突然戴上去啊！」
「惠惠小姐！那是詛咒道具喔！」
惠惠的無名指戴著黑色戒指，將手高舉過頭欣賞戒指，眼中還閃耀著紅色的光芒，彷彿被戒指迷住了。
「沒有任何紅魔族在聽說能獲得強大的黑暗之力後還不戴上它！來吧！邪惡的惡魔之戒！向我展現汝的力量！」
「休想！紅魔族不應該擁有這種中二道具！好了，不要抵抗，把戒指交出來！」
當我試圖搶奪戒指時，惠惠便像是烏龜一樣縮成一團，將戴著戒指的手藏在腹部。
「和真也被黑暗之力吸引了！不過你不能搶，這種好東西誰先拿到就是誰的！在我對力量感到厭倦之前不會交給你的！」

「誰想要那種東西啊！妳這傢伙一定會用這個戒指當成藉口到處搗亂！」

——就在我試圖把縮起身子的惠惠翻過來時。

店門伴隨帶有嘲諷意味的聲音打開了。

「搞笑種族女孩和搞笑職業小鬼到底在吵什麼。在店外都能聽到你們的聲音喔。」

巴尼爾拿著裝滿金幣的袋子出現了。剛才可能是去收取賺來的錢吧，看起來心情很好。

話說我又不是因為喜歡才選擇冒險者這種最弱職業，真希望他不要用對待紅魔族一樣的態度對待我。

「巴尼爾先生，歡迎回來！對了，惠惠小姐因為巴尼爾先生的商品陷入大麻煩……！」

「汝說吾的商品？汝到底在說什麼？這間店現在因為店長濫用公款的關係，連進貨都有困難。有了這些剛收回來的帳款後，終於可以買些像樣的商品……」

巴尼爾的話還沒說完，見到在地上蜷縮成一團的惠惠後便愣住了。

這個能看透一切的惡魔似乎一眼就看穿惠惠的肚子藏著什麼。

「汝、汝這個愚蠢的女孩！竟然把惡魔之戒戴上去了嗎！」

縮成一團的惠惠只把臉轉過來。

「怎麼了？把魔道具店陳列的魔法道具戴在身上有什麼不對！和真會把錢付清，這樣就沒問題了吧！」

「怎麼可能沒問題！這個蠢女孩！那種特地從地獄訂購的稀有道具早已敲定好買家了！汝想讓注重契約的惡魔違反承諾嗎！」

「我也有意見。我才不會付錢買那種看起來就很危險的中二道具。」

惠惠似乎意識到自己的處境不利，終於站起身來。

「既然如此那就沒辦法了，今天就暫且放棄吧。可是我要事先聲明，和這枚惡魔之戒最相襯的人就只有我。」

惠惠拋下狠話之後，老實地伸出戴著戒指的手。

我抓住她的手，打算把戒指拿下來——

「……拿不下來耶。」

「什麼！也就是說這枚戒指承認我是它的主人吧。現在正以實際行動表達自己不願意被其他人戴上的意志。真受不了，既然這樣就沒辦法了呢。和真不願意替我付錢，那我就用每個月的零用錢分期付款……」

我差點忘了維茲說過這枚戒指遭到詛咒，這傢伙應該是料到沒辦法拿下戒指，才會擺出這麼老實的態度。

見到惠惠如此僵硬的演技，巴尼爾說道：

「受到詛咒的戒指當然有詛咒，所以沒辦法直接拿下來。不過現在這種狀況也還有唯一一種方法能解決。」

「是、是喔？我大概能猜到你說的方法是什麼，只要有高等級大祭司就能解除這個詛咒吧。不過很遺憾，阿克婭出門了！」

然而巴尼爾搖了搖頭。

「維茲，去冒險者公會找個看起來很閒的祭司過來。先砍掉她的手指把戒指拿下來，再用治癒魔法接回去。」

「咦咦！」

「請請請等一下，這個主意也太邪惡了吧！和真也說點什麼呀！」

惠惠臉色蒼白往後退，我決定幫她一把。

「真沒辦法……維茲，店裡的房間借我一下，我試試看能不能用『Steal』把戒指拿下來。雖然不知道詛咒能不能抵擋『Steal』，還是得試試看。」

「那種辦法怎麼可能有用，我已經預見自己被脫光光的未來了！對不起，我承認是我得意忘形，請等阿克婭回來吧！」

3

我們穿越城鎮正門時，惠惠還在抱怨。

「真是的，居然兩人聯手對付可愛的少女，太過分了。」

「誰叫妳說那些蠢話想把戒指據為己有。話說那枚戒指被詛咒耶，妳為什麼會想要詛咒道具啊？」

儘管巴尼爾沒有告訴我們獲得力量的代價是什麼，但是肯定沒什麼好事。

這傢伙本身已經有一天只能施放一次魔法的限制，另外還有中二病詛咒，要是變得更搞笑的話可就傷腦筋了。

好吧，話雖如此……

「不過和真，你雖然意見那麼多，但是也對戒指的力量很感興趣吧？不然也不會陪我跑這一趟了吧？」

「哎呀，就是……畢竟巴尼爾說那是稀有的道具嘛。」

在阿克婭回來之前，戒指暫時交給惠惠保管。

儘管巴尼爾千叮嚀萬囑咐要她不要做什麼多餘的傻事，但是如果她會把這種話聽進去，那就不是惠惠了。

「總之去找我們的天敵蟾蜍，試試戒指的黑暗之力吧。雖然不曉得代價是什麼，不過強大的力量總是伴隨著風險嘛。」

「由妳這個本身就承擔巨大風險的人說這種話，聽起來很有說服力呢。」

我一邊被惠惠拍打著背，一邊尋找蟾蜍。

因為現在只有兩個人，所以最多只能應付一隻蟾蜍，再多的話可能兩個人都會被吃掉。

我在保持警戒的同時環顧四周，發動感應敵人的技能。

——我們開始尋找蟾蜍過不了多久，我的技能便察覺敵人的存在。

「前面的山丘上有一隻。怎麼樣，感覺能引出戒指的力量嗎？」

「打從剛才就有種魔力從體內深處湧出的感覺。我現在好像能用這股力量做點什麼！」

惠惠的發言只帶給我不祥的預感，不過就算什麼黑暗之力沒有用處，只要趁這傢伙被蟾蜍吃掉時解決就行了。

正當我如此思索時，蟾蜍似乎也注意到我們。

「牠來了！上吧，惠惠！展現妳真正的力量！」

「唔！雙眼好痛……！我感覺到了，黑暗之力正在匯聚到我的魔眼……！」

面對朝我們跳躍而來的巨大蟾蜍，惠惠擺出奇怪的姿勢扔掉眼罩。

「見識黑暗之力的真本事吧！這就是覺醒後的我啊啊啊啊啊啊啊啊啊啊啊啊啊！」

宛如黑色閃電的光束從惠惠眼中射出，蟾蜍中招後便渾身劇烈顫抖，隨即仰倒在地。

儘管威力遠遠比不上爆裂魔法的威力，但是那道電擊光束一擊就葬送了蟾蜍。

「太厲害了！惠惠！妳的眼睛光束把蟾蜍電到一動也不動了！」

「我的眼睛啊啊啊啊啊啊啊啊啊啊啊啊啊啊啊啊！」

我對著捂著雙眼滾來滾去的惠惠說道：

「不過這招會因為疼痛沒辦法連續發射呢。戴上太陽眼鏡之類的東西能減少對眼球的傷害嗎？」

「不要在那邊冷靜分析，請快點幫幫我！這股力量的代價太大了！」

我用手覆蓋住惠惠的眼睛，以「Freeze」替她降溫後，她的疼痛似乎有所緩解，逕自確認起戰果。

「我已經習慣爆裂魔法了，這招的威力有點不太夠呢。好吧，能夠輕易發射這點確實很方便。」

「我倒是覺得如果一天能發射好幾次的話，這種光束更有用。」

惠惠完全沒將我的意見聽進耳裡，舉起戒指沉思起來。

「看著這枚戒指，我就有種還能用這股力量做點什麼的感覺……」

就在如此說道的惠惠不經意地望向我之時。

她的右眼突然閃耀紅光，與此同時，我的身體也動彈不得。

「呃！喂！惠惠，妳做了什麼！我的身體動不了了！」

惠惠似乎是不經意地使用了戒指的力量，雖然瞬間露出驚訝的表情，但是不久便轉為得意自負的笑容，伸手甩動斗篷。

「這就是我的咒縛魔眼！來吧，和真，如果你想要自由，就發誓吧！沒錯！發誓永遠效忠我這個黑暗的眷屬！」

「等我恢復自由妳給我記住。到時候哭著道歉就晚了。」

太過得意忘形的惠惠聽到我的話，不禁抖了一下。

然而這個紅魔族的人生觀是追求剎那間的快樂，似乎把未來即將面臨的毀滅拋在一旁，選擇當下的愉悅。

「喔？和真，你在這個狀況下說這種話真的好嗎？只要我有心的話……」

惠惠的話還沒說完，我就以喊叫打斷她的話。

「妳想對我做什麼惡作劇讓我沒辦法找老婆嗎！唔，就算妳恣意玩弄我的身體，也別想奪走我的心！」

「請不要學達克妮絲說話！我只不過想搔你癢而已，才不會對你做那種糟糕的事！」

就在這時，我的感應敵人技能有了反應。

我只能轉動眼睛朝感知到敵人的方向看去，隨後就見到惠惠剛才發射光束的地方正在緩緩隆起。

「喂，惠惠，把咒縛解開！妳後面出現蟾蜍了！」

「哎呀，我可不會上當喔。你說這種話就是想讓我解開咒縛，然後對我做些過分的事吧？要是你能保證不會報復的話，我就替你解開。」

儘管剛才表現得很強勢，但是看來我的威脅還是對惠惠起了作用，至於蟾蜍的身影已經出現在惠惠身後。

從地下鑽出來的蟾蜍，將視線投向與我對視的惠惠。

惠惠以很符合這個年齡的少女表情露出微笑。

「我確實是有些得意忘形，等我解開咒縛後就和好吧？和真不是那麼小心眼的人，不會因為這點小事就記恨吧？好啦，解開後就和好……」

4

順利擊敗蟾蜍的我和惠惠一起前往冒險者公會領取討伐報酬，順便把蟾蜍肉拿去賣。

「既然真的有蟾蜍，請你說得更嚴肅啊。和真平常總是隨口說謊騙人，所以我還以為這次也一樣……」

在蟾蜍的眼前努力安撫我的惠惠自然成了牠的獵物。

由於在浴室洗掉蟾蜍的體液，抱怨連連的惠惠顯得濕答答的。

「喂，不要把我說得好像放羊的孩子。錯的是妳這個被黑暗之力吞噬的人。」

「你那句『被黑暗吞噬』聽起來真不錯。不過對於我這個能掌控爆裂魔法的人來說，這點程度的力量不可能讓我屈服……」

正當惠惠一邊開口一邊打開冒險者公會的門，突然遇見了芸芸。

芸芸頓時露出驚訝的表情，以及有話想說的扭捏模樣。

她看起來似乎想去糾纏惠惠，但是惠惠因為和我待在一起，可能是擔心打擾到我們工作而不好意思過來。

我伸出手掌向芸芸示意。

「請吧。」

「能在這裡遇見妳真巧！惠惠！我們能夠這樣相遇一定是命運的安排！來吧，今天一定要一決勝負！」

「幹嘛叫她過來啦，和真。她真的很麻煩，請不要慫恿她！」

芸芸完成慣例的儀式後，顯得很幸福的模樣，惠惠則是不耐煩地揮手想趕走她。

然而這裡是冒險者公會，是一群名為冒險者的閒人聚集的地方。

他們不可能放過這麼有趣的戲碼。

「喔！是紅魔族（真）與紅魔族（笑）的對決！」

「芸芸小姐和惠惠小姐啊——雖然也要看比試的內容而定，不過如果惠惠小姐沒耍小手段的話，應該是芸芸小姐會贏吧？」

「要我選的話，肯定會選習慣打架的惠惠。那傢伙絕對不是魔法師，跟冒險者吵起來不到兩分鐘就會動手。」

「惠惠和人打架很厲害，主要是因為等級高，另外依靠紅魔族本身的優異屬性才能強行壓制別人吧。既然都是紅魔族，那麼芸芸小姐應該也有對等的條件。」

冒險者們不顧對峙中的兩人，逕自在一旁推測誰會贏。

其中一名冒險者單手拿著酒杯走到我身邊。

「欸，和真跟她們認識那麼久了，你會賭誰贏？」

「依我看來兩人的等級差不多，從身體發育的情況來看，芸芸在體格方面很有利，至於好勝心和毅力等意志力是惠惠比較厲害。不過……」

我煞有其事地分析一番後，對著冒險者斬釘截鐵說道：

「惠惠脾氣暴躁，一激動起來就會犯蠢。人類最大的武器是智慧吧？也就是說再加上理性和智慧的差距來判斷的話，我覺得芸芸會贏。」

「原來如此，你的話都很有道理。」

「你們這些局外人從剛才開始就很吵耶！不要把我們當成野獸一樣分析好嗎！」

惠惠對熱烈議論的我們大吼一聲，然後擺出戰鬥的架勢。

「要是現在不接受挑戰，感覺就會被人當成是在逃避，真令人不爽！見識我魔眼的力量吧！『Bind of Red Eyes』！」

「唔！」

惠惠猛然睜大眼睛，突然對芸芸施放咒縛。

儘管在一旁看熱鬧的人們聽到惠惠一如既往的中二發言後放聲大笑，但也很快注意到芸芸的狀況不太對勁。

「我、我動不了……！」

渾身僵硬的芸芸唸唸有詞，使得在場的人們紛紛騷動起來。

「芸、芸芸小姐怎麼了？就算是同鄉也不必這麼配合吧？」

「芸芸小姐還挺配合的嘛。」

「我本來還以為芸芸是唯一正常的紅魔族……」

「不、不是……！我、我是真的動不了！」

芸芸用一副快哭出來的表情辯解，惠惠則露出得意的笑容。

「呼哈哈哈哈哈哈！這就是我覺醒後的真止力量！從今以後，再也沒有人能叫我阿克賽爾最有問題的人了！」

「我還以為妳平常完全不在意別人怎麼說，原來妳其實有點介意啊。」

惠惠聽到我的吐槽不禁有點臉紅，於是看向少女冒險者。

「我來向大家證明芸芸沒有說謊吧。『Bind of Red Eyes』！」

「……咦！等、等等，連我也動彈不得了！」

見到冒險者因為惠惠的咒縛魔眼渾身僵硬而驚慌失措，在一旁看熱鬧的人們紛紛臉色蒼白地倒退幾步。

「……咦？真的假的？惠惠真的覺醒了嗎？」

「畢竟是紅魔族，確實有可能發生這種事……」

「明明是和真隊伍的成員，竟然出現一個真正有用的傢伙……？這樣和真的隊伍豈不是失去特色了……！」

「除了爆裂魔法以外完全派不上用場，這樣才是惠惠吧！難道妳不當惠惠了嗎！」

「『Bind of Red Eyes』！『Bind of Red Eyes』！」

是我的隊伍成員又怎麼了？我在心裡憤憤地思考。惠惠把那兩個說廢話的人固定之後，在周圍眾人的吵鬧聲中走向芸芸。

「來吧，芸芸。妳做好心理準備了嗎？現在就讓在場的大家看看誰更厲害吧！」

「等、等一下！這樣太奸詐了！從來沒聽說妳有什麼魔眼，而且妳還偷襲我！」

動彈不得的芸芸含著淚水抗議，但是這個舉動似乎更加刺激惠惠愛欺負人的性格。

「哼哈哈哈哈！認輸吧，如果妳願意從今在稱呼我時都加上『小姐』兩字，那我就饒了妳！否則我就好好地不停使用咒縛魔眼，就這樣把妳變成公會的裝飾品！」

「啊啊啊啊啊啊啊啊！我、我不認輸！我絕對不承認妳這種手段啊啊啊啊啊啊啊啊啊！……咦？」

就在芸芸放聲哭喊，惠惠的魔眼閃過光芒的剎那。

惠惠的帽子似乎被什麼東西頂了起來，落在公會的地板上。

「……惠惠，妳的頭上長角嘍。」

只見惠惠的帽子掉了下來，頭上還冒出兩根小小的角。

「這、這是怎麼回事！啊！這是什麼！我頭上長出了什麼東西！」

「等等，妳到底做了什麼啊啊啊啊啊啊啊！」

就在惠惠捏著頭上的角陷入慌亂時，芸芸也驚叫出聲。

「原來紅魔族除了魔眼之外還會長角啊。」

「你們知道嗎？聽說這些傢伙在出生時就會在身體的某個地方刺青喔。」

「惠惠長角了啊……不過她跟和真是一隊的，肯定是又做了什麼奇怪的事吧。」

我的隊伍成員到底怎樣啦？儘管我的內心十分憤慨，還是仔細端詳起惠惠的角。

「魔眼、中二病、蘿莉，再加上角，妳在增加屬性的時候也該節制一下。這豈不是跟有受虐癖而且離過一次婚的大小姐一樣，屬性過多了。」

「我又不是因為自己樂意才增加的，還有你這番話被達克妮絲聽到會生氣喔！」

話說回來，這個奇怪的現象毫無疑問是戒指的副作用。

惠惠似乎也意識到這一點，只見她用一臉複雜的表情盯著手上的戒指。

——就在這個時候。

「汝這個搞笑種族果然用了那枚戒指啊。這麼快就變成這副有趣的模樣了！」

不知何時來到公會的巴尼爾笑著說道，手裡還拿著大量符咒。

「惠惠會長出角，果然是因為使用戒指的代價嗎？繼續用下去的話會怎麼樣？」

「唔嗯。那原本就是給崇拜惡魔的人用來轉職的道具。如果繼續使用的話，最後將會變

成惡魔。」

那還真是驚人的東西。

「喂，巴尼爾，阿克婭回來後能解決這個狀況嗎？」

「如果是那個解咒女，在完全變成惡魔之前應該還有辦法解決。不過那個女人和肌肉十字騎士組隊外出，肯定會做出什麼傻事，所以吾可以預見她們還要過一段時間才能回來。」

真巧，我也能想見阿克婭哭著回來的未來。

惠惠目不轉睛地盯著戒指陷入苦思，似乎是因為自己可能變成惡魔而感到混亂，不停喃喃自語著什麼……

「喂，惠惠，妳聽到了吧？放心，阿克婭回來後就能解決。所以不用太擔心……」

「……爆裂惡魔聽起來好像自己會自爆一樣，那麼紅眼惡魔……？爆裂一切的大惡魔，惠惠……」

看來是在思考變成惡魔時該怎麼自稱。

絲毫沒有反省的惠惠突然靈光一閃：

「我正是用爆焰席捲萬物的大惡魔，魔眼惠惠！冒險者們，臣服於我吧！當我這對紅眼閃耀之時，你們將連動彈的機會都沒有，沉入爆焰之海裡……！」

「別隨便自稱大惡魔，這個見習惡魔！還有汝自稱魔眼的話，就和吾看透一切的雙眼重複了！」

巴尼爾斥責過惠惠之後，悄然站在至今仍動彈不得的芸芸面前。

然後他拿出一張符咒吸引眾人的目光。

「好啦，從剛才開始就動彈不得被當成展示品的雕像女孩，今天要推薦汝一個商品！這是能夠讓咒縛失去作用的護身符！使用時必須貼在額頭上，雖然有看起來很傻的缺點，但是現在只需要三萬艾莉絲……」

「巴尼爾先生，請給我一張！我現在動不了，請幫我貼在額頭上！」

「啊啊！我的魔眼一下子就變得失去作用了！」

芸芸的額頭一貼上符咒，隨即就能行動自如，她從錢包裡拿出三萬艾莉絲付款，看到這一幕的冒險者們也對巴尼爾開口：

「巴尼爾先生，也給我一張符咒！我從剛才開始就動不了！」

「我也是我也是！麻煩你了，巴尼爾！」

「依照惠惠那副德性，肯定會用魔眼幹壞事！給我一張預防萬一！」

「就是說啊，惠惠那個女人什麼事都做得出來。得到那種力量之後不可能不用。」

惠惠以惡魔化的嚴重代價獲得的力量失去作用，就這麼愣在原地，至於巴尼爾則是喜孜孜地應對顧客。

見識到惠惠剛才旁若無人的囂張行徑後，冒險者們全都去找他買護身符咒來防範惠惠。

「謝謝。謝謝各位！哼哈哈哈哈哈哈，幹得好，見習惡魔！如果汝真的澈底變成惡魔，吾會用特別便宜的價格賣汝剛入門的惡魔看的指南書！」

「我才不需要那種東西！請別再多管閒事賣護身符了……唔！」

惠惠正在向巴尼爾抗議，突然一把出鞘的短劍指向她的臉。

短劍的主人芸芸一臉做好心理準備的模樣，雙眼閃耀著光芒，身體微微顫抖。

「惠、惠惠……我會在妳完全變成惡魔之前阻止妳……！身為妳的朋友，有必要在妳走上歧途時糾正妳！」

「怎麼突然下了這麼沉重的覺悟啊，阿克婭回來就會治好我了！……你、你們想做什麼？芸芸就算了，怎麼連你們的表情都這麼可怕？」

正如惠惠所說，三名冒險者就像是要協助芸芸一樣，慢慢朝她逼近。

話說那三個人——

「還敢說為什麼，惠惠！剛才竟然對我做那種事！」

「妳這傢伙都對人使用咒縛魔眼了，難道覺得我們會放過妳嗎？」

「喔喔，惠惠小姐還真有行動力啊。一對一可能打不贏妳，但是我們這邊有三個人，而且高等級的紅魔族芸芸小姐也站在我們這邊，根本不可能輸！」

沒錯，這幾個正是剛才被惠惠的魔眼固定的冒險者。

「你、你們幾個傢伙，四個人一起對付可愛的少女也太卑鄙了！」

三名額頭貼著護身符咒的冒險者逐漸收攏對惠惠的包圍，意識到自己明顯處於劣勢的惠惠擺出隨時都能使出咒縛的架勢後退。

「這傢伙剛才還要我們這些冒險者臣服，居然有臉說這種話！」

「我們現在貼了符咒，妳的魔眼已經沒有威脅了！」

「來啊！廢柴紅魔族！說句『對不起是我得意忘形』來聽聽！」

惠惠轉身抓住我的手。

「和真，我們先撤退！之後再給他們好看！」

「不、不要拉我！妳要逃自己逃，不要把我牽扯進去啊！」

我雖然掙扎著不想遭到牽連，惠惠卻用高等級魔法師大到不合理的力量硬是拖著我走，就這麼離開冒險者公會——！

5

逃出公會以後，我們躲進了附近的公園。

惠惠一臉憂傷地坐在鞦韆上搖搖晃晃，口中唸唸有詞：

「我們都相處這麼久了，想不到公會的冒險者會對我露出獠牙……我太低估失去人的身分有多嚴重了……」

「除了芸芸之外，根本沒有人在意妳失去人的身分啦。我想他們只是在報復妳隨意使用魔眼而已。」

聽到我的吐槽，惠惠微微苦笑。

「和真明明平常對人很嚴厲，只有在這種時候特別溫柔。也只有你會對淪為邪惡存在的我說這種話了……」

「就連大惡魔都堂堂正正住在這座城鎮裡了，妳只不過是變成見習惡魔而已，這麼說也太誇張了。反正阿克婭回來以後就能解決問題，別像個天真的小鬼一樣說些自嘲的話，不然可是會後悔的。」

面對我的吐槽，惠惠停下搖晃鞦韆的動作。

「……和真怎麼這樣，拜託你表現得更慌張一點啊。隊友即將拋下人的身分步上邪惡的道路，就不能說些『我絕對會幫妳』之類的話嗎！」

「有了咒縛魔眼感覺挺方便的，所以我覺得妳就算變不回去也無所謂。還有不要說什麼步上邪惡的道路，妳不管面對誰都會起爭執，原本就是阿克塞爾最麻煩的不法之徒了。」

「喂，不要說我是不法之徒！真是的，多少擔心我一下又不會怎麼樣……」

怒氣沖沖的惠惠突然安靜下來。

「所以和真的意思是無論我變成什麼樣子，都會愛著我嗎？」

我對著帶著期待的表情抬頭望向我的惠惠說道：

「我從來沒有這麼說過，不過我覺得妳就算從魔女裝扮換成惡魔裝扮，感覺起來也不會有多少區別。」

「請不要把紅魔族的傳統服裝當成角色扮演的衣服！」

到了萬聖節，感覺澀谷就會出現惡魔裝扮和魔女裝扮的人。

就在這時。

「姊姊，妳頭上有角耶！姊姊是食人魔嗎？」

一名年幼的小女孩見到惠惠的角後，對她這麼問道。

沒有看到小女孩父母的身影，所以可能是住在附近的孩子吧。

「不是，姊姊不是食人魔喔。姊姊是被世界唾棄的邪惡化身，不但是邪惡的象徵，也是神的敵人。沒錯，姊姊是個惡魔。」

惠惠似乎相當沉浸在自己變成惡魔這件事，不過這樣隨隨便便為惡魔散播負評很可能會

惹巴尼爾生氣。

……聽到惠惠不知該說是自嘲的自誇，還是對惡魔的誹謗後，那個小女孩卻顯得神情為之一亮。

「姊姊是惡魔嗎？太酷了！」

小女孩可能年齡還小，不太懂得善惡之分，只是以崇拜的眼神看著惠惠。

聽到小女孩這番話，惠惠的耳朵微微動了一下。

「很酷？妳不能對我這種人心懷憧憬喔。我是人類應該忌諱的墮落存在。確實又是惡又是魔的，聽起來或許都很酷，但是我們惡魔是被世人在暗地裡批評的存在……」

惠惠雖然這麼說，但是事實似乎並非完全如此。

然而小女孩聽了惠惠的話，疑惑地偏頭表示：

「可是惡魔都是好人呀？而且非常溫柔喔！」

「……喔？」

覺得惡魔很酷或是很強的話我能理解，但是覺得惡魔溫柔？

惠惠似乎和我有相同的疑問。小女孩對困惑的惠惠說道：

「我認識的惡魔非常厲害！前陣子一直困擾媽媽的壞烏鴉就是被惡魔解決的！」

聽到小女孩面帶笑容這麼說，我想起她口中的惡魔是指誰了。

以那些在色色的店裡工作的姊姊為首，有數名惡魔居住在這座城鎮裡。既然她說那名惡魔解決了壞烏鴉，那麼對方肯定擁有一定的戰鬥能力。

這麼說來，那傢伙確實很受附近的主婦們歡迎。

——困惑的惠惠聽完這番話，臉上綻放笑容。

「……這樣啊。即使力量源自於邪惡，但如果能保持不被力量吞噬的堅強意志與正義之心，投身於黑暗本身並非什麼壞事。」

妳剛才明明就澈底被力量吞噬，根本沒有絲毫正義之心吧。

「和真，我錯了。我迄今為止走的是化身修羅的爆裂道。既然如此，即使被人稱為紅眼大惡魔而遭受世人排斥！即使會惹怒阿克婭和警察，也要繼續在這條惡魔道走下去！」

「等等，妳本來就是不在乎別人怎麼想的不法之徒了，再變本加厲別說成為惡魔了，而是會變成魔王吧。」

事情的發展似乎很符合惠惠的心意，她揮動斗篷高聲宣言：

「我正是用爆焰席捲萬物的大惡魔，魔眼惠惠！當我這對紅眼閃耀之時，所有與我為敵的人將連動彈的機會都沒有，沉入爆焰之海裡……！世界啊，臣服於我吧！」

「好帥氣！惡魔姊姊真帥！惡魔果然酷斃了！」

就在惠惠聽到小女孩的稱讚而笑容滿面時，一道宏亮的聲音響徹公園。

「找到了！是被懸賞的見習惡魔！」

「唔！」

聽到突然有人說自己被懸賞，惠惠驚訝地瞪大雙眼。

朝著聲音傳來的方向望去，見到幾個熟悉的冒險者。

「請、請等一下，你們說的被懸賞的見習惡魔該不會是指我吧？」

「不然還有誰。冒險者公會的公告欄上還貼著妳的海報喔。」

一名冒險者的話讓惠惠微微露出飄渺的笑容。

「怎麼會這樣，我才剛下定決心要以善良的惡魔身分好好活下去，就被人懸賞了……不，這或許正是與墮落黑暗者相襯的末路……」

惠惠開始沉浸在自己的世界，腦補奇怪的故事了，不過我不覺得這座城鎮的冒險者公會會懸賞區區的見習惡魔。

而且冒險者因為被惠惠用咒縛魔眼拘束這點小事，自己出錢懸賞也很奇怪……

「我姑且問一下，是誰出錢懸賞這傢伙的？」

「芸芸小姐。」

「可惡，那個孤零零的小丫頭居然敢對我做這種事！好，既然妳這麼狠心，我就真的和妳一決勝負！」

遭到好友懸賞的惠惠乾脆地拋棄剛才那種墮入黑暗面的女主角氛圍，提振氣勢。

至於剛才對著惠惠大聲嚷嚷的冒險者們，並沒有上前抓捕阿克塞爾最麻煩的不法之徒，而是堵住公園的出入口防止她逃跑，似乎是在等待更多同伴到來。

「和真，這是至今最大的危機。我已經做好心理準備了，要是真的到了萬不得已的地步，我會對人釋放爆裂魔法，成為真正的通緝犯，可是我還是希望避免發生這種情況。」

「我很清楚既然妳說出這種話，就是真的做好心理準備。不過我會想辦法解決的，絕對不要用魔法喔？」

冒險者們聽到我和惠惠的對話，表情不由得變得僵硬時——

「好，你們幾個，我們先來談談吧。這傢伙確實有變成惡魔的跡象，但是還用不著著急。巴尼爾說了，阿克婭應該可以治好她。」

「哎、哎呀，我們也不是真的想逮捕惠惠……」

喃喃開口的冒險者似乎有些畏縮，我對他說道：

「還有，如果你們真的那麼做的話，到時候冒險者卡的怪物討伐欄會寫上惠惠的名字喔。我的冒險者卡上面大多都是巨型蟾蜍和狗頭人之類的名字，因此才會總是被人嘲笑，你們能忍受被冠上惠惠殺手這個稱號嗎？」

「請等一下，我可是被懸賞的大人物，很知名的，完全可以引以為傲！不如說萬一我真

的被你們討伐了，請你們要一輩子炫耀這件事！」

在一旁聽著的惠惠大聲表達自己的不滿。

儘管惠惠的名字究竟是否會出現在討伐欄還是問題，但萬一真的出現了，那麼那名冒險者可能一輩子都會背負這個罪惡感。

「不是啦，我們本來就沒有抓捕惠惠的意思。」

「沒錯沒錯，我確實真心不想看到自己的討伐欄出現惠惠的名字。我們之所以會過來，是因為只要通知芸芸小姐惠惠在什麼地方就可以得到五千艾莉絲。」

「給我等等，你們就因為這點頂多能在酒館喝酒的小錢出賣我嗎！我明白了，和真，請給大家更多零用錢收買他們，就當作是贖回我自由的代價。」

咦咦……

「沒辦法了。每人五千零三十艾莉絲可以嗎？」

「我不是說那是贖回我自由的代價嗎！不要那麼吝嗇！你難道不在意我的名字出現在大家的討伐欄嗎！」

就在惠惠激動地抗議時。

「討伐欄出現惠惠的名字？」

一道音量不大，聽進耳中卻會讓人透心涼的聲音傳遍夕陽西下的公園。

我看往聲音傳來的方向，只見額頭貼著符咒的芸芸以一副正在思考什麼的表情，站在背對著夕陽的地方。

6

我對著不知何時出現在那裡，低著頭的芸芸說道：

「聽大家說妳出錢懸賞惠惠，所以我就威脅了大家。我告訴他們，要是他們的冒險者卡討伐欄裡出現這傢伙的名字，每次被別人看到都會被嘲笑。」

「會被嘲笑也太奇怪了，應該能向全世界的人炫耀才對！」

芸芸無視抗議的惠惠，又低聲嘀咕：

「討伐欄出現惠惠的名字……」

芸芸的雙眼閃爍赤紅色的光芒，猛然抬起頭來。

「惠惠，我今天一定要打敗妳！然後把妳的名字永遠刻在我的冒險者卡上！這就是我這個朋友祭奠妳的方式！」

「妳的言行都太沉重了！我不是說了，等阿克婭回來就能治好嗎！」

即使惠惠再怎麼拚命解釋，芸芸仍然不屑地哼了一聲。

「惠惠得到黑暗的力量後是不可能放棄的。我來假設一下，假設有個邪神對惠惠說只要獻祭我就能獲得強大的力量……」

「我當然會把妳獻祭給邪神啊。唔喔，妳做什麼啦！」

聽到惠惠毫不猶豫的回答，芸芸便不假思索刺出短劍。

淚眼汪汪的芸芸對慌忙躲避的惠惠大聲斥責：

「我都這麼苦惱了，妳好歹猶豫一下啊啊啊啊啊！」

「面對有著長年的交情卻毫不遲疑痛下殺手的同族，哪有什麼好猶豫的！」

就在兩人互罵的同時，惠惠揮舞她的瑪納礦石法杖襲向芸芸，芸芸則以短劍迎擊。

「這就是紅魔族之間的戰鬥嗎……！」

「成為高等級的魔法師之後，對決時便不再是用魔法互轟，而是依靠自身的屬性來打近身戰耶！」

「畢竟想用上級魔法就得耗費比較多時間詠唱。雖然看起來像是小孩在吵架，但是這種戰鬥方式也挺合理吧……」

芸芸可能是意識到自己在攻擊範圍處於劣勢，於是拿起短劍扔向惠惠。

惠惠也像是要和她抗衡，扔下法杖與她扭打成一團。

「和真，趁我壓制她的時候，請你從後面踹屁股！」

「等、等一下，惠惠，我們不是在決鬥嗎！竟然呼叫夥伴幫忙，太卑鄙了！」

或許是兩人的等級旗鼓相當，緊抓彼此雙手的兩人勢均力敵，導致雙方都無法動彈。

「那麼芸芸也找夥伴來幫忙不就好了！我們是冒險者，和夥伴一起共享苦難是理所當然的！喂，和真在做什麼！」

儘管是惠惠的指示，我還是覺得踢一個無辜女孩的屁股不太妥當。

於是我輕拍了一下惠惠的屁股。

「不是，妳叫我攻擊她的屁股實在……」

「和真是我的夥伴，應該攻擊芸芸才對！」

真不想在這種情況，被這傢伙當成夥伴……

「真拿妳沒辦法。總之我只要對動彈不得的妳們做點事情就行了吧？」

「我、我的意思確實是這樣沒錯，可是你的說法聽起來太危險了！」

那兩人似乎都意識到什麼，放開緊握彼此的雙手各退一步。

「雖然是我自己提出來的，但還是不要借用夥伴的力量好了。」

「說得對，如果決鬥還要算上朋友或夥伴，對我來說太不利了。」

雖然芸芸如此自嘲，但我覺得眼前的同族的朋友數量應該和她差不了多少。

……然後芸芸從腰間拿出她的短杖。

看來她是覺得再這樣下去會沒完沒了，打算在城鎮裡使用魔法。

「芸芸瘋了嗎？在城鎮裡使用攻擊魔法會引發大麻煩喔？」

短杖從芸芸的手中滾落在地。

遭到惠惠質疑自己的精神狀況，顯然讓她大受衝擊。

無法掩飾內心動搖的芸芸撿起掉在地上的短杖開口：

「我、我早就做好心理準備了。而且根本不用擔心，我只會用中級魔法！城鎮裡只禁止使用上級以上的魔法，用了中級魔法最多只會挨罵而已！」

「哼，在城鎮裡不能使用爆裂魔法，原本對我來說是很不利的！不過，現在的我獲得了黑暗的力量！」

如此說道的惠惠將魔力注入雙眼當中。

「妳的咒縛魔眼已經沒用了！我會先用『Lightning』麻痺妳，再把妳的角砍下來！」

「妳的言行真是有夠危險！至於我，其實還藏著另一個絕招！來吧，吃我這招！」

兩人一邊大喊一邊擺好架勢，同時對彼此發動攻擊。

「『Lightning』——啊啊啊啊啊啊啊啊啊啊啊啊啊啊！」

「『Lightning Red Eyes』啊啊啊啊啊啊啊啊啊啊啊啊啊！」

惠惠眼睛發射的光束直接命中芸芸，電流竄過她的全身。

至於芸芸釋放的電擊則因為眼睛發燙的惠惠翻滾在地，恰巧躲過了。

「啊、啊嗚嗚嗚嗚嗚嗚嗚……」

「我的眼睛啊啊啊啊啊啊啊啊啊！」

「喂，這是怎麼回事？這算同歸於盡嗎？」

「惠惠從眼睛裡發射出什麼東西弄傷自己後，就倒在地上滾來滾去，導致芸芸小姐的魔法射偏了……！」

「原來如此……這樣算是惠惠贏了嗎？」

「可是那傢伙自己也受傷了。說是平手比較準確吧？」

正如同看熱鬧的冒險者們所言，兩人都倒在地上。

「這、這就是紅魔族之間的戰鬥嗎……」

「欸，她們兩個真的都是高等級的冒險者嗎？這就是高等級的戰鬥……？」

就在看熱鬧的群眾們大感困惑之時，搖搖晃晃起身的惠惠依然閉著眼睛，伸手尋找躺在地上動彈不得的芸芸。

「剛才聽到芸芸在這附近呻吟……來吧，芸芸，我們一決勝負吧！」

「…………」

像隻小鹿一樣搖搖晃晃走動的惠惠試圖藉由挑釁讓芸芸發出聲音，至於芸芸則是等待身體的麻痺感退去，保持沉默窺伺時機到來。

儘管看熱鬧的群眾不這麼認為，但是兩人的現狀確實與高等級魔法師死鬥該有的模樣相去甚遠。

——一道聲音突然打斷這場猶如孩童打鬧，並且陷入泥沼的決鬥。

「妳們兩個在這種地方玩什麼遊戲嗎？跟我說明一下規則吧。」

聲音從公園入口的地方傳來，朝著那邊望去，可以看見渾身泥濘的達克妮絲，還有身上沾著神祕黏液的阿克婭。

儘管從她們的外觀可以大致猜到發生什麼事，但是從阿克婭揹著鼓鼓的背包來看，這趟旅途的收穫似乎相當豐盛。

「這個聲音是阿克婭吧！可以幫我一下嗎？幫我治療一下！」

「太、太奸詐了惠惠！剛才說不借助夥伴力量的人是妳……」

就在芸芸出聲抗議的這一刻。

「蠢蛋，居然暴露自己的位置！」

「啊啊！妳到底有多卑鄙啊——！」

惠惠依靠芸芸的抗議聲確認她的位置，閉著眼睛朝她撲過去。

「這才不是卑鄙，應該說是藉由紅魔族的聰明才智制定的戰術取勝！來吧，到現在還動彈不得的芸芸，妳準備好了嗎？」

「等一下等一下，我投降啦啊啊啊啊啊啊！」

就在惠惠即將獲得勝利的瞬間。

「『Heal』！『Refresh』！『Sacred Break Spell』！『Sacred Exorcism』——！」

「嗯啊啊啊啊啊啊啊啊啊啊！」

阿克婭突然使出魔法，被光芒籠罩的惠惠發出慘叫。

惠惠倒在地上翻滾，同時身體還冒出黑煙。

「雖然不曉得發生什麼事，但是我已經把妳們兩個都治好嘍！話說回來，惠惠，我不知道妳是在哪裡撿到的，不過以後裝備奇怪的東西時可要小心。妳手上的那枚戒指附有惡魔的詛咒喔？」

在阿克婭的視線所及之處，那枚戒指正在逐漸碎裂崩落。

隨著戒指消散而逝，惠惠頭上冒出來的角也悄然脫落。

惠惠似乎察覺自己頭上的異狀，伸手摸著頭，臉上露出凝重的表情。

隨後將視線投向原先戴著戒指的手，臉色頓時一片慘白。

「……和真，你可以借我錢嗎？」

「如果是要賠償那枚戒指，我才不會借妳。妳去找巴尼爾挨罵吧。」

7

——在那之後。

芸芸因為阿克婭的魔法生效解除了麻痺狀態，隨即衝向惠惠打了起來。達克妮絲不知為何淚眼汪汪地抱怨起旅途的事，總之發生了很多事就對了。

「結果還是失去了黑暗之力……」

目送表示想快點洗澡先行回去的兩人，我和惠惠為了進行日常的鍛鍊而離開了城鎮。

「魔眼的力量雖然很可惜，不過如果妳就那樣下去變成惡魔的話，阿克婭會變成妳的天敵喔。」

「那、那樣確實有點討厭。感覺有什麼事就會被阿克婭威脅，我可受不了。可是……」

瞬間露出恐懼的模樣，惠惠的表情看起來有些失望。

「可是如果能得到那個力量，就能幫上大家更多忙了。」

她一面說出這句話，一面輕聲嘆氣。

……原本還以為這傢伙單純是被黑暗之力蒙蔽了雙眼，看來似乎有她自己的考量。

「好，我們快去爆裂地點吧！不然太陽就要下山了！」

惠惠可能是因為自己說的話而感到害臊，為了掩飾自己的害羞大步走在我前面。

我面露苦笑，跟上眼前嬌小的身影。

「嗯，偶爾去維茲的店裡看看吧。說不定能像這次一樣挖到稀有的道具。」

「……是、是啊。對了，和真，我想跟你商量一下……」

「談錢的話免談。」

儘管惠惠似乎因為想起賠償戒指的事而顯得有些尷尬，但是看來她已經找到今天的爆裂地點了。

「這一帶就行了吧。適度的岩石地形，適度的樹叢，這個地方真的很棒，很適合炸出一個坑洞。」

「雖然我已經有了爆裂品鑑家的稱號，但還是分不清爆裂地點的好壞。」

我也不是很想搞清楚，但是惠惠不禁微微一笑。

「和真對爆裂道的理解還遠遠不夠呢。儘管失去了惡魔的力量有些遺憾，但是沒關係，

我還有爆裂魔法！」

惠惠如此高聲宣言，似乎為之釋懷了，隨後開始詠唱耳熟能詳的咒文。

我準備好迎接即將到來的爆炸聲和衝擊，惠惠則充滿自信地對我展露笑容——

「『Explosion』——————！」

然而什麼事也沒有發生。

「咦！這是怎樣？到底是怎麼回事……啊啊！」

惠惠大受動搖，隨後突然意識到什麼。

「和真，請你用『Drain Touch』分我一點魔力！是魔眼！之前使用那幾次魔眼消耗了我的魔力！」

「我是很想分給妳啦，可是妳之前使用魔眼消耗的魔力，光憑我的魔力根本不夠。」

惠惠聽到我的發言抱頭慘叫。

「要是因為魔眼而無法使用爆裂魔法，那麼魔眼根本派不上用場嘛！和真，請你陪我去維茲的店！我要向巴尼爾強烈抗議，居然給我瑕疵品，我要把他的魔力全都搶過來！」

「妳、妳剛才不是還很遺憾不能使用魔眼……」

話說我還稍微被妳為隊伍著想的想法感動了，給我道歉。

——跑到魔道具店投訴的惠惠，當然被巴尼爾狠狠訓斥一頓，還被施加了一個降低魔法威力的詛咒，直到她還清債務之前都無法解除。

為了主人！

1

一盞盞街燈紛紛熄滅，現在已經到了大家靜靜沉眠的時間。

夜行性的我今晚依然精神奕奕地熬夜時，有人敲響房間的窗戶。

「………」

我裝作沒有聽到敲窗聲，繼續翻著手中的書。

書名是著名的《兔子與烏龜》。

起初還以為是地球的童話故事，但是持續讀下去之後，才發現和我的認知完全不一樣。

（欸，助手老弟，燈還亮著，你肯定還沒睡吧？而且你也不可能這麼早睡。）

決定和烏龜賽跑的兔子，一開始還游刃有餘地跑在前頭。

得意洋洋的兔子一路奔跑，越過山丘跨過河川，大幅領先烏龜。

（助手老弟！助手老弟聽到沒有！外面很冷，可以讓我進去嗎！）

但是一路領先的兔子突然意識到一件事。沒錯，牠中了烏龜的計謀。

烏龜所提議的競賽，是一場沒有補給的超長距離賽跑。

即使是跑得飛快的兔子，也需要一週以上的時間才能完成這段路程。

殺手兔族的兔子對上甲殼當中儲備大量營養的要塞龜。

當烏龜追上倒在路邊的兔子時，牠對著兔子提議。

『現在把你送到終點的運費只要……』

（助手老弟——！很冷啦！快開窗！開始下雨了！）

就在故事即將進入高潮時，她開始碰碰碰敲打窗戶。

我放下還沒讀完的書打開窗戶。

「頭目這麼晚來找我做什麼？來的時候請好好走正門啦。我現在正忙呢。」

「你明明知道我為什麼這種時間會從窗戶進來吧！嗚嗚，好冷……」

盜賊團的頭目克莉絲從窗戶進入房裡。

克莉絲環視房間之後，注意到我放在床上的書。

「欸，你說你在忙，是指看書嗎？我可是帶了很重要的工作來找你……」

儘管克莉絲瞇起眼睛盯著我開口，但我拿起另一本書表示：

「這個世界的繪本莫名有趣喔。像是這本《醜小半獸人》也是，故事講述一名遭受迫害的半獸人之子其實是食人魔，長大後踏上復仇之旅……」

「這種繪本無所謂啦！現在更重要的是我有關於達克妮絲的事要說！」

我唸了繪本的大綱之後，克莉絲以無比認真的表情說道——

「達克妮絲可能得到了神器。」

情緒平復下來的克莉絲開始娓娓道來。

所謂的神器，是神給予來自日本的轉生者的外掛道具，除了主人以外，其他人全都無法掌控。

然而神器就是神器，有許多神器即使無法發揮原先的力量，仍舊有十分強大的能力。

「準確來說，我一直在追蹤的某個神器流入了黑市，之後那個神器似乎落入某個貴族的手中。」

「嗯……？那麼為什麼會提到達克妮絲的名字？還有如果真的是那傢伙拿到神器，只要跟她說一下那是危險的東西，要她交出來也不會拒絕吧。」

雖然達克妮絲是個怪人，但是遇上正事時是很正經的。

只要跟她好好解釋……

「那可能行不通……」

然後克莉絲不知為何臉頰泛紅，含糊地開口。

「怎麼可能行不通。達克妮絲就真的那麼想要那個東西嗎？話說回來，那個到底是什麼

神器？」

「那、那個要我親口解釋實在是有點……我只能告訴你，那是絕對不能讓達克妮絲持有的神器……」

聽到克莉絲說得支支吾吾，我便明白那肯定不是什麼好東西。

可是既然是那麼危險的神器，那麼更不覺得達克妮絲會加以濫用。

不過，話雖如此……

「經歷之前交換身體的項鍊之後，我已經充分理解神器有多危險了。我來幫妳搶奪神器吧。達克妮絲也不是外人，這也算是在幫她。」

於是我如此說道，同時打算露出笑容安撫克莉絲……

「謝……謝謝你！助手老弟！也為了讓達克妮絲回到正途，一定要把神器拿到手！」

……聽到這番聽起來很不妙的話，我有些猶豫是否要幫忙了——

2

我和克莉絲在阿克塞爾貴族區一座特別大的豪宅前爭吵。

（欸，助手老弟，為什麼警備這麼森嚴啊！肯定是因為你之前入侵達克妮絲家才會變成這樣吧！）

（把所有事都怪到我頭上不太好吧。頭目嘴巴雖然這麼說，要是妳當時在場絕對會做出同樣的行為。）

我以前曾經潛入達克妮絲的老家。

儘管當時是為了把離隊的達克妮絲帶回來，才會採取強硬的手段，不過看來冒險者入侵大貴族的宅邸果然是件大事。

我們從隱蔽的地方觀察達克妮絲的老家，發現宅邸周圍的柵欄有所加高，四處也都增設了燈火。

而且還有兩人一組的警衛在宅邸裡到處巡邏……

（助手老弟，怎麼辦？要越過那些柵欄不太容易，要是動作慢了一點就會被發現。就算用潛伏技能再攀爬過去也是一樣顯眼。）

儘管克莉絲說得一臉煩惱，但我可是聰慧過人的佐藤和真，就在這裡展現我的聰明才智給她見識一下吧。

我豎起一根手指，表示我有辦法。

（我們去城外抓一隻狗頭人，然後在宅邸前放開牠如何？要是城裡出現怪物，肯定會引

起大騷動，就可以趁著警衛忙著應付之時潛入……）

（絕對不行！下一個！）

我覺得這是個不錯的主意，不過看來行不通。

我對著用手比出一個大×的克莉絲豎起第二根手指。

（那麼找個喝酒的大叔，讓他在宅邸前發出奇怪的聲音怎麼樣？可以趁警衛聚集起來察看事態時潛入。只要給大叔酒錢，應該會有很高的機率答應我們的請求……）

（不可以把不認識的人牽扯進來！下一個！）

所以如果是認識的人就能牽扯進來嘍。

那麼第三個主意就有用了。

（我們去公會發布任務吧。任務的內容就是在達斯堤尼斯家門前不停叫喊拉拉蒂娜。大家應該會覺得這個任務很有趣，肯定有不少冒險者願意……）

（要是被達克妮絲發現是我們發布的委託，肯定會被她狠狠教訓！這些都不行！）

明明全都是絕妙的計策，卻一一被否決了。

（妳說我的主意全部不行，但是我們還是得想辦法解決警衛啊。要不然我們猜拳，輸的人去當誘餌怎麼樣？）

聽到我的提議，克莉絲的表情為之一愣。

（呃……助手老弟，你是認真的嗎？我好歹是掌管幸運的神喔？就算這只是暫時的身體，我也不可能輸呀。）

我對充滿自信的克莉絲輕笑發聲。

（人可是會成長的，頭目。妳知道我現在的等級多少嗎？那種驕傲自大的態度會害妳失敗的。）

（喔、喔喔喔……？你這番話還真是有意思呢，助手老弟。好，那就來吧。開始嘍，剪刀石頭布……！）

——到了換日的時刻，大家都靜靜沉眠的時間。

今晚特別冷，房間角落有個暖爐真是太令人感激了。

我把當成宵夜的年糕放在暖爐上烤，決定利用等待年糕烤好的時間來讀書。

（助手老弟！助手老弟！我有很多話要對你說，快點開窗！）

今晚我閱讀的書是《精靈完全考察指南》。

對精靈很有好感的日本人肯定會被這本書吸引。

——據說這個世界的精靈族大致分為兩類，分別稱為森林精靈和平原精靈。

（助手老弟，我知道你在裡面！別小看盜賊的感應技能！）

——平原精靈正如其名，是居住在平原的狩獵民族，由於生活在沒有林木的大地上，這個精靈種族因此擁有陽光曬出來的褐色肌膚。

海洋國家鈴木帝國的初代皇帝——鈴木．彥一首次見到平原精靈時，將他們稱為「黑暗精靈」，從那之後這個稱呼便廣為人知——

「鈴木真是有夠無聊。這傢伙絕對是日本人。」

（助手老弟——！）

我絲毫不在意有人敲打窗戶，專心閱讀同鄉幹了什麼好事。

——由於平原精靈，也就是黑暗精靈平常以狩獵居住在平原的大型草食動物為生，尤為擅長投擲長矛。

因為攝取了富含蛋白質的食物，所以體格強壯，比森林精靈更為壯碩。

（助手老弟，既然你打算無視頭目命令，我也有我的辦法。你應該沒忘記盜賊有開鎖技能吧？）

我連看也沒看向窗戶，直接朝著那邊伸手並詠唱魔法。

「『Freeze』。」

「Freeze」將窗簾連同周圍的窗框和鎖頭都加以凍結。

我完全不理會動手撬鎖的克莉絲，繼續翻開下一頁。

——居住在樹上的森林精靈，主要以森林中的蘑菇和水果為食。

他們也會從安全的樹上射箭狩獵野獸，因此有很多人擅長使用弓箭。

由於弓箭是森林精靈的主要武器，當中的女性經常使用纏胸布，多數女性的胸部因而發育較差，進而單方面敵視擁有豐滿身軀的黑暗精靈——

（助手老弟的家雖然是座豪華的大房子，但是安全措施太薄弱了。這種簡單的鎖，對克莉絲小姐來說根本是小菜一碟……咦？怎麼回事？鎖頭怎麼凍住了？）

——儘管森林精靈在這方面有所缺陷，實際上他們與某個特定群體有著深厚的情誼，並以此聞名。

那些人便是會定期突然出現，有著黑髮黑眼，而且擁有奇特名字的人們。

那些人不知為何對待森林精靈非常友好，森林精靈對他們的態度也不壞。

他們心目中的精靈擅使弓箭，並且還是素食主義者。他們對精靈懷有這種獨特的認知，因此精靈為了回應他們的期待，即使是移居城鎮的精靈也會努力不懈鍛鍊射箭。

精靈在他們面前時只會吃蔬菜，並且裝出一副「弓？這輩子從來沒用過，不過就試試看吧。啊！感覺用起來很順手耶」的模樣，然後展現高超的弓術——

（話說怎麼連窗戶都凍住了！助手老弟，這太奇怪了吧！就算天氣很冷，也還沒到窗戶會凍起來的季節呀！你對窗戶用了「Freeze」對不對！）

於是克莉絲採取了可怕的暴行。

她抽出匕首，劃起窗戶的玻璃。

（助手老弟，我不會生氣的，讓我進去！窗戶被「Freeze」凍住，害這個陽臺變得冷得要命！）

我忍受匕首劃過窗戶那令人寒毛直豎的聲音，得到她不會生氣的承諾後，便出手剝開凍結的窗簾，並用「Tinder」慢慢替窗戶加熱。

我小心翼翼避免窗戶烤焦或是點燃，最後終於將凍住的窗戶解凍。

「昨天不是才來過，今天又有什麼事？我的工作應該很順利，頭目成功潛入了嗎？」

我一邊發問一邊打開窗戶，克莉絲走了進來，身體還在不住顫抖。

「問題就在這裡！你猜拳輸了，就應該負起擔任誘餌的責任啊——！」

「妳在說什麼啊？我確實完成我的工作嘍。我這個誘餌直接走正門進去，還透過管家正式見到達克妮絲。」

「那才不叫誘餌，而是訪客！我辛辛苦苦潛入達克妮絲家裡，你為什麼可以和她喝茶聊天啊！」

就算問我為什麼，我覺得自己確實出色地完成誘餌的工作。

我對著將手擺在暖爐旁邊取暖的克莉絲聳肩開口：

「頭目不用管我怎麼做，繼續妳的工作就行了。而且這樣我也有不在場證明。」

「助手老弟太狡猾了！就算到時候偷到神器，但要是被人發現是我偷的話，我絕對會告發你也是共犯。」

「喂，別這樣，妳這個神明怎麼這麼小心眼！話說回來，妳沒有把神器偷到手嗎？」

克莉絲在暖爐邊暖和身體之後，似乎放鬆了不少，她將我用暖爐烤好的年糕放在盤子上，逕自大口吃了起來。

「我試著進入寶物庫確認，但是沒有找到可能是神器的東西……嚼嚼嚼……」

我也不甘示弱地用筷子夾起烤得恰到好處的年糕，醮點碟子裡的醬油吃了起來。

「啊唔唔……既然這樣，那麼神器也有可能在其他貴族那裡吧？而且我覺得就算達克妮絲得到危險的神器，她也不會拿去做壞事。」

「我姑且有想過這一點，但是考慮到神器的效果，那種可能性應該不大。對於其他貴族來說，那不是他們不惜花大錢也想買下來的東西。」

這些年糕明明是我烤的，克莉絲卻一個接著一個夾了過去，於是我露出一副嚇唬她的姿態守護年糕。

「昨晚應該也有問過妳，那個神器到底有什麼效果？我覺得要是知道那有什麼作用的話，應該就能與達克妮絲商量。」

「我昨晚也說過，我實在說不出口。但是我敢保證，不管你怎麼和達克妮絲商量，她也絕對不會放手。」

我對於夥伴的信任以及克莉絲對於好友的信任，是兩條不相交的平行線。

那傢伙雖然很怪，其實在我的隊伍裡是最懂事的人……

克莉絲似乎察覺到我在想些什麼，表情變得無比凝重。

「欸，助手老弟，最後一塊年糕給我！」

3

我們繼續昨晚未完成的事，再次來到達斯堤尼斯家，而且今晚同樣激烈爭吵。

（這樣太不公平了！昨晚當誘餌的人是我，這次該輪到妳了吧！）

（助手就該聽頭目的命令！而且不管怎麼看，今天的警備都比昨天還要森嚴！怎麼可以讓頭目面對危險呢！）

正如在我面前無理取鬧的克莉絲所說，宅邸不知為何進入更加森嚴的警戒狀態。

肯定是因為我們昨天入侵的緣故。

（我完全沒有任何失誤喔。該不會是昨天頭目潛入的事被發現了吧？）

（我怎麼可能犯那種錯。我確實進了寶物庫，可是又沒有偷任何寶物。）

儘管我曾和克莉絲多次潛入貴族家中，但是我發現一件事。

這個人雖然嘴巴這麼說，實際上手腳相當不乾淨。

（只要一有機會，頭目就會把看上的值錢東西拿走，說這種話根本沒有說服力。妳之前說過費盡千辛萬苦潛入寶庫卻什麼也不拿是盜賊的恥辱，這次一定又偷了什麼吧？）

（這次真的沒偷東西！那可是達克妮絲的老家喔。他們家又不是什麼壞貴族，我怎麼可能偷最好的朋友家裡的東西！）

克莉絲這個正打算從好友家中偷走神器這種最高級寶物的人，面帶真摯無比的神情極力辯解。

（那麼除了偷東西之外，有沒有做什麼其他多餘的事？）

（因為我在寶物庫發現達克妮絲童年時期的相簿，只有愉快地欣賞了一番而已。）

可能就是這個了。

（達克妮絲的父親對她非常溺愛。愛到會把相簿放在寶物庫裡了，該不會是相簿有什麼機關吧？）

畢竟我之前只不過是把達克妮絲弄成半裸，然後對她潑水讓她的衣服變成半透明而已，就差點被處刑了。達克妮絲的父親對她就是如此溺愛。

……不對，對貴族的大小姐做出那種事，感覺被處刑也是應該的。

（嗯——當時沒有什麼特別的發現……裡面就只有小時候的達克妮絲正在藏尿濕的被單之類的照片，是本很有趣又很可愛的相簿。我把她尿床的照片拿走了，之後也給助手老弟看看吧。）

（這不就是偷了東西嗎？）

毫無疑問就是這個。

（可、可是，就只是丟了張照片而已，有必要把警備提升到這種地步嗎？又不是什麼寶物被偷走。）

意識到自己搞砸之後，克莉絲開始顯得結結巴巴。

（對於父親來說，那張照片已經夠珍貴了。達斯堤尼斯家的客廳裡還掛著一幅達克妮絲小時候畫的畫喔？）

（我和達克尼斯的爸爸見過很多次面，但是他的另一面實在太令人意外了。）

既然明白原因，那麼事情就容易處理了。

我對克莉絲伸出一隻手。

（把照片給我，我會還給達克妮絲。）

（才不要，要是之後惹達克妮絲生氣，到時候就能用那張照片當作避免說教的工具。我已經把照片好好藏在沒有人找得到的地方了。）

（……我覺得要是妳在她生氣時拿出那種東西，可能不是被訓斥一番就能解決的。）

那張照片能不能複製啊？如果可以的話我也想用來避免說教。

話說回來，現在這個情況到底該怎麼辦？

達克妮絲的父親似乎非常重視被偷走的照片，今晚巡邏的警衛比昨天多了三倍，四處都是燈火通明。

除非有什麼魔法道具，否則要在這種情況潛入是非常困難的事。

（既然上面不行就從下面，不過「Create Earth」沒辦法用來挖洞，我們也不知道潛入的路徑……今天要不要先回去睡覺？）

（不要放棄！確實有潛入的路徑！）

克莉絲蹲下身子，示意早早放棄的我跟她走。

不久後便來到宅邸附近，克莉絲默默伸手指向下水道。

「我不要。」

（助手老弟，你太大聲了！我也沒辦法啊，走下水道是這種情況的慣例呀！）

她說得倒簡單，但是要從這種地方潛入，肯定要面對各種困境。

（我知道依照慣例，遇到這種情況有種東西能把下水道清理乾淨喔。那就是史萊姆。我們去森林抓些史萊姆，放生在達克妮絲家的下水道吧。等個半年左右就會被清理得乾乾淨淨的，變成人可以通行的洞……）

（那種東西當然不行啊！可以預見史萊姆入侵廁所會發生什麼慘事！還有半年也太久了吧！）

靠史萊姆清理下水道明明是異世界類型漫畫的常識，為什麼在這個世界行不通呢……咦？啊！

「頭目，我想到一個好主意了！既然我們的目的是取得神器，那麼根本沒有必要特地潛入去偷！」

——翌日。

「和真——！和真在嗎啊啊啊啊啊！」

當我在房間裡睡懶覺時，憤怒的達克妮絲突然一邊怒吼一邊闖進來。

「唔喔！一大早的吵什麼吵！進入別人的房間之前應該先敲門吧？要是我正在做我這個年齡的人會做的事不就慘了！」

「就算你在做什麼你這個年齡會做的不正經的事，事到如今我也不會介意！反正你本來

就是那種人！」

這傢伙一大早突然闖進來，到底在說些什麼啊。

隨後達克妮絲在我眼前猛然亮出手中的紙張。

「和真太可惡了，居然敢做這種事！你這樣算是威脅貴族，我會替你找個律師幫你，但還是免不了重罰！」

達克妮絲拿給我看的紙上寫著：

『我們已經取得沉眠於達斯堤尼斯家寶物庫的至寶——小拉拉蒂娜五歲時的照片。要是想拿回照片，就準備我們指定的寶物。當你們備妥寶物時，我們會再聯繫你們告知交換的方式——擔憂世界的神祕盜賊團——』

「等等，妳幹嘛突然拿這種東西給我看，還斷定是我做的！」

「就在和真突然晚上跑來我家的那一天，有盜賊入侵寶物庫！從時機來看，你肯定和這件事有關！」

儘管達克妮絲說得如此斬釘截鐵，但從她的語氣聽來，應該還沒有確鑿的證據。

「只不過是到夥伴家裡玩就突然被當成犯人，這也太荒謬了！既然妳說得這麼肯定，那麼妳有證據嗎？來啊，把證據拿出來給我看看！」

聽到我理直氣壯地說出口的發言，達克妮絲嗤笑一聲。

「證據？我這個貴族的證詞就是最好的證據。只要我在法庭說句『我早就知道那個男人遲早會做出那種事』，就足以讓你定罪然後退庭了。」

「太蠻橫了！這是濫用貴族的特權！只有在這種時候拿權力壓人，卑鄙的傢伙！」

「你、你寫出這種威脅信才是卑鄙！話說你的共犯克莉絲在哪裡？你應該知道她在哪裡吧！快說！」

平常明明只是個頭腦簡單的受虐狂，唯有在這種時候直覺如此敏銳。

「共、共犯是什麼意思？我只不過是突然想見妳，才會在半夜去找妳喝茶而已……欸，達克妮絲，我就不能晚上去見妳嗎？我們都是大人了吧？之前我潛入妳家時，說出那種話誘惑我的人明明就是妳……痛痛痛痛痛痛痛，別扯，我的臉頰要裂開啦！」

達克妮絲默默拉扯我的臉頰，我慌忙投降。

「口是心非的就是這張嘴嗎！克莉絲就是趁你吸引我的注意力時潛入寶物庫的吧。好了，快把克莉絲的下落說出來！不然我就要報復你，沒收你藏在房間裡的寶物！」

「濫用貴族特權之後還要強制沒收別人的寶物，未免太蠻橫了！我真的不知道克莉絲在哪裡！我和那傢伙一起去偷東西時，都是她主動找上門的！她每次都是突然半夜過來，從窗戶爬進我的房間裡！」

我不是因為害怕自己的寶物被沒收才說出來的，我也沒有出賣克莉絲，而是真的不知道

她住在哪裡，所以只是實話實說。

於是達克妮絲鬆開緊緊抓住我的手，陷入沉思。

「我和克莉絲也認識很久了，聽你這麼一說才發現自己也不知道她平常住在哪裡……喂，和真，你說克莉絲都是從窗戶進入房間對吧？」

4

當天晚上。

窗戶被人咚咚敲響，可以聽到細微的聲音。

（助手老弟，我今天把照片帶來了。交換寶物的事情進展如何？達克妮絲會答應我們的要求嗎？）

窗簾拉開後，窗戶也跟著打開，克莉絲的手被人抓住了

「交換寶物的事很順利。這下子我就能拿回照片了。」

「達達達達、達克妮絲！妳怎麼會在這裡！」

抓住克莉絲的手的人，正是怒上心頭的達克妮絲。

達克妮絲將臉湊近混亂驚叫的克莉絲。

「這間房子是我們幾個人的家，我在這裡也是理所當然吧。好了，克莉絲，先把照片交出來！然後再來聽聽妳為什麼要做這種蠢事！」

「等一下——！助手老弟，是你出賣我的吧！」

被拉得搖搖晃晃的克莉絲朝著我叫喊。

我則是維持躺在床上的姿勢。

「請看我遭受嚴酷的折磨躺在床上起不來的模樣吧。我真的努力了，但是實在承受不住達克妮絲的審訊手段。」

「你只是放鬆地看書而已嘛！跟平常懶散的模樣一樣啊！」

哭鬧的克莉絲被拉進房裡，被迫跪在地毯上。

「達克妮絲！我事先聲明，那封威脅信是助手老弟寫的！」

「啊！頭目妳太過分了，怎麼可以出賣自己的部下，既然這樣休怪我無情，一開始提議潛入達克妮絲家的人明明就是妳！」

達克妮絲看著開始醜陋紛爭的我們，用低沉的聲音說道：

「你們兩個都給我安靜。」

「「是。」」

……不知為何就連我也被迫跪在地毯上，解釋事情的緣由。

「——也就是說，因為你們認為我家似乎有危險的神器，所以想把神器弄到手……欸，克莉絲，我以前不是跟妳說過嗎？我要妳偷竊之前找我商量一下，我又不會因為這樣對妳做什麼不好的事……」

原先一直在生氣的達克妮絲緊閉嘴角。

「我能理解妳無法信任神器近在眼前的貴族。據我所知，那些被稱為神器的魔法道具全都擁有超乎常理的力量。如果那種東西落入貴族的手中，他們就能恣意地用來發達家族。即使如此……」

達克妮絲以看起來有些難過的表情對克莉絲開口，希望她能理解自己的想法。

「我確實是貴族，但是能請妳相信我嗎？我在此發誓，我絕對不會背叛摯友克莉絲。所以……拜託妳多倚靠我吧。」

「達克妮絲……」

……沒錯，這傢伙終究是個正經的傢伙。

她與那些貪婪的貴族不同，是個堪稱貴族典範的人，甚至不惜背負鉅額債務救助民眾。

在沉重的氛圍之中，我開口詢問克莉絲。

「既然她都這麼說了，妳是否也該說出真相比較好？克莉絲，妳說如果達克妮絲得到神器，肯定不會輕易放手，聽到她剛才那番話後，依然這麼認為嗎？」

「助手老弟……嗯，你說得對。達克妮絲是我的摯友，她一定會選擇我們的友誼，而不是神器。對不起，我之前懷疑了妳，達克妮絲。」

聽到克莉絲帶有歉意的話語，達克妮絲露出微笑。

「我還沒有問妳那是什麼神器，所以還說不準喔。要是確實能夠造福民眾，那麼我可能會想盡辦法把它弄到手。」

達克妮絲面帶柔和的笑容開個玩笑後，克莉絲對她說道：

「那個神器的名字是『隸屬項圈』。是個會讓佩戴者屈服於擁有者的道具，只要戴上項圈的人不服從對方的命令，那個東西就會給予他極大的痛苦。」

…………

「喂，達克妮絲，妳說點什麼啊。比如說『我怎麼可能想要那種東西』之類的。」

「咦……我……怎麼可能……想要……那種……」

我明白了。我見到達克妮絲的眼神在聽聞那個名字的瞬間變了。

儘管是異世界漫畫裡常見的奴役道具，但沒有任何神器會比這個更讓達克妮絲想要了。

「欸、欸，達克妮絲，我可以相信妳吧？我一開始以為是達克妮絲買下那個神器的，妳

對項圈型的神器有什麼頭緒嗎？達克妮絲家裡沒有那種東西吧？」

見到克莉絲以帶著些許疑慮的眼神望向自己，達克妮絲則是用認真的眼神回望。

「嗯，很遺憾，我家似乎沒有類似那個神器的東西……話說回來，能不能詳細說一下關於那個神器的事？妳剛才提到的極大痛苦究竟痛苦到什麼程度？被判定為項圈擁有者的條件是什麼？要是項圈沒有歸屬的擁有者，自己戴上項圈時會有什麼效果？試圖取下項圈會有什麼樣的懲罰？還有……」

「夠了，妳還是閉嘴吧。具體的情況由我來問。」

「……欸，助手老弟覺得呢？感覺她家確實沒有，但是你認為她值得信任嗎？」

儘管達克妮絲的表現幾乎完全不行，不過那個神器的效果確實很危險，而且我想相信她會選擇自己身為貴族的驕傲，而不是個人的欲望。

面對我們懷疑的目光，達克妮絲正色說道：

「放心吧。儘管我的心確實有瞬間動搖，還是請你們相信我。另外，克莉絲似乎認為除了我以外的貴族不會想要那個東西，那妳就錯了。如果是那些平常就會對女僕性騷擾的正統貴族，全都會想要那個道具。」

「助手老弟，現在確定我之前的行動完全無誤。貴族果然很差勁。」

「我覺得這個國家的貴族都該體會一下所有財產被奪走的感覺。」

5

達克妮絲在貴族區的某座豪華宅邸前高聲喊道：

「克蘭克男爵！我知道你在家！達斯堤尼斯公爵家即刻起將行使監督權！搜查貴家族的寶物庫！」

達斯堤尼斯家的士兵全副武裝整齊排列在達克妮絲身後，而我和克莉絲則是在最後面觀看事態會如何發展。

「助手老弟，該怎麼辦呢？我原本沒打算把事情搞得這麼大。」

「事已至此，也沒別的辦法了。情況已經脫離我們的掌控，只能隨它去了。」

達克妮絲拿出了真本領。

平時達克妮絲那副受虐狂的模樣消聲匿跡，現在展現的風範完全就是大貴族的千金。

一名渾身穿金戴銀的微胖中年男性，從遭到包圍的宅邸裡連忙滾出來。

「達達達達、達斯堤尼斯大人！您您您、您這是怎麼回事？」

「是克蘭克男爵啊。你似乎一早就用了品味很好的香水，真是令人羨慕呢。」

看來這名在大家面前泫然欲泣的男性，就是這個家族的家主。

達克妮絲用冷漠的眼神俯視克蘭克男爵，以貴族特有的迂迴話語批評他的身上散發酒味的事實，並且暗諷他的奢靡。

「因、因為昨天工作到很晚，想說偶爾放縱一下，多喝了一點酒……對了，您搜查寶物庫的做法是不是有些過於不講理了？我想不出有什麼理由要這麼做……」

克蘭克男爵似乎稍微冷靜下來，前言不搭後語地反駁。

達克妮絲則是執拗地質問出言反駁的克蘭克男爵。

「你想不出這麼做的理由？怎麼可能呢。作為一個沒有領土，坐領年金的貴族，你的年收入是很容易估算出來的……不過真是奇怪，看到克蘭克男爵的生活方式，怎麼算數字都搭不起來……」

「那那那那、那是……！我、我所追隨的侯爵大人會定期提供援助……我沒有做什麼違背良心的事……」

「怎麼可能沒有！」

對著貴族咄咄逼人的達克妮絲突然勃然大怒。

「聽說你和那個侯爵家一起從事買賣怪物的生意！你們收集女性外型的怪物後，以不道德的目的大肆販賣，真是不知羞恥！即使你們做的是買賣怪物的生意，這種行徑也完全不值得讚賞！」

原來如此，突然調派士兵包圍宅邸是有理由的。

是我誤會達克妮絲了，我還以為她是被欲望所蒙蔽，打算濫用貴族特權搶過來。

「我、我不知道！我什麼都不知道！而且我們販賣怪物本來就不是為了那種不道德的目的！我們確實有從事買賣怪物的事業，但也只是捕捉那些能夠獲得很多經驗值的怪物，然後賣給有錢人……」

「別說謊！」

達克妮絲沒等臉色蒼白的克蘭克男爵辯解，就打斷了他的話。

「我可是知道你會以訓練的名義對女僕性騷擾！像你這種男人怎麼可能不對捕獲的女性型怪物做下流的事！」

「對女僕性騷擾只不過是貴族的嗜好，我沒有理由因此遭到指責！太蠻橫了！這種做事方式太蠻橫了！」

他居然承認自己對女僕性騷擾。

「夠了！全員聽令，搜查寶物庫！裡面一定藏著違禁品！」

「真真真真、真的沒有那種東西！住手啊啊啊啊啊啊啊啊啊啊啊啊啊！」

再繼續問下去也沒有意義，達克妮絲直接下達命令。

士兵們紛紛經過拚命試圖阻止的克蘭克男爵身邊，接二連三地湧進宅邸裡。

……就在士兵們進入屋內才過了數分鐘，一名士兵便手持某個東西走回來。

「大小姐！我們在寶物庫裡發現了這種東西！這是由於已經瀕臨絕種，如今被列為違禁品的黃金蔥鴨的經驗值精華！還有使用現在已經滅絕的雄性半獸人的睪丸製成的壯陽藥等等，裡面的違禁品比比皆是……！」

克蘭克男爵見狀不禁頹然跪倒在地，似乎是認命了。

我和克莉絲原本以為達克妮絲打算誣陷克蘭克男爵，見到這個情況也驚訝地對望。

「果然有啊！那麼應該還有其他見不得人的東西吧？比如項圈型的魔道具，或者是用來讓人服從的魔道具！」

「不，裡面沒有類似的魔道具。大多都是提升經驗值的東西或是壯陽藥。」

…………

「這樣啊……」

「喂，達克妮絲，這次行動確實取得充分的成果了，為什麼臉色還那麼糟？」

即使達克妮絲表現出貴族應有的風範大肆活躍，依然一臉遺憾看起來十分消沉。

——在那之後。

「強制搜查！普雷琉德伯爵，我們懷疑你非法使用違禁品！讓我們搜查寶物庫！」

「達斯堤尼斯大人！您沒有事先告知就突襲搜查的行為實在太卑劣了！我確實有違禁品！不過只是個人享用的瓊脂史萊姆，我只需要自負風險……」

達克妮絲繼續突襲那些有不妙謠言的貴族宅邸——

「卡爾帕斯男爵聽令！我們即刻起對你的住宅進行搜索！你應該知道原因吧！」

「達斯堤尼斯大人，我那麼做是有原因的！其實我罹患難以治療的重病……每當我支付稅金，就會產生劇烈的腹痛、頭痛、想吐、腰痛，還有失眠等症狀……」

「你們幾個，去把寶物庫裡的東西全部查封！」

從早晨開始的搜索住宅行動——

「達達、達斯堤尼斯大人，我這裡有魔改得很棒的史萊姆！還有觸手很棒的觸手怪！如果您需要的話，現在還能偷偷用特別的價格賣些行家喜歡的色情怪物……」

「別讓那個女人說下去了！先把這個設施的違法怪物送到達斯堤尼斯家暫時扣留！……和、和真，你的眼神是什麼意思？有想說的話就說啊！」

直到太陽下山之時——

「普里莫子爵！你現在……啊！他逃了，追上去！」

「追捕子爵的事就交給我們！麻煩大小姐衝進屋裡！」

「你們看，子爵宅邸的庭院裡種了一大堆安樂少女！那個大叔居然在城裡種植這麼惡質的怪物，到底在想什麼！」

「除草劑！快拿除草劑來！」

成功逼出不少暗中做壞事的貴族——

6

「欸，助手老弟，我沒想到達克妮絲會做到這種地步。這是因為我的關係嗎……？」

達克妮絲對無比憂懼的克莉絲開口。

「克莉絲放心吧。即使沒有神器的事，今天那些遭到我們突襲的貴族也正因為其他事接受調查。他們肯定遲早會被突襲搜查。」

「就是這樣喔，頭目，真是太好了。那些無良貴族能夠更早被逮捕，反而可以說是頭目的功勞。」

克莉絲聽聞達克妮絲和我的話，對我們不滿地皺起眉頭。

「……助手老弟，你該不會想把所有責任都推給我吧？有一半的功勞是你的喔？」

「我只是個助手，所有功勞都讓給頭目吧。」

——我們正在貴族區中央一棟格外豪華的宅邸前方。

就在我們互相推諉功勞時，貴族僱用的私人部隊一臉緊張地列隊。

達克妮絲領兵與他們對峙，然後緩緩開口：

「好，儘管前面幾家都沒有，不過這裡是我刻意留到最後的重點目標。考慮到財力、聯繫祕密門路的手段，以及家主的性癖等等，對方是最有可能擁有那個神器的人。」

「見到這間金光閃閃的房子，就連我也能想像對方有可能做些什麼壞事。話說既然是這家最有可能的話，為什麼最後才過來？先從這家開始搜不就好了……」

達克妮絲讓士兵在身後整隊，我對她提出疑問。

「嗯……這名舒梅爾侯爵的地位在阿克塞爾僅次於我家，是歷史悠久的大貴族。如果可以的話，我希望在掌握確切的證據之後再進行搜查……」

也就是說之前襲擊的幾家貴族，都是沒有掌握確切證據就直接闖進家裡嗎？

我和憂心的克莉絲一起低聲討論。

（欸，助手老弟，這是不法之徒才會幹的事吧。她雖然是我的摯友，但是我或許該降低她在我心中的朋友等級了。）

（真要這麼說的話，那傢伙可是我的同居人兼隊伍夥伴喔。妳不管和她是摯友還是朋友的關係，隨時都能拉開距離，比我好多了吧？）

「你們兩個說的話我全都聽見了！我突襲的那些貴族全都有罪不是嗎！」

達克妮絲紅著臉辨解。看來就連她也略有自知之明。

——就在這時。

「我還以為是哪裡來的不法之徒呢。這不是達斯堤尼斯大人嗎？這是怎麼回事？我可不記得有邀請您來參加茶會，拜訪的方式還真是粗魯呢。」

守衛宅邸的私人部隊讓出一條路，一名手持扇子掩著嘴巴，眼睛略帶點紅色的美女就此現身。

見到這名美女打扮的人一眼就能看出她是貴族，她在仔細上下打量達克妮絲之後——

「真是令人難以相信是公爵家千金會有的裝扮。妳是在玩騎士遊戲嗎？我記得達斯堤尼斯大人是冒險者……難道妳已經厭倦冒險遊戲了嗎？」

這名女性貴族似乎屬於達克妮絲的敵對派系，張嘴就是挑釁的話語。

面對挑釁的達克妮絲似乎已經很習慣聽到這種話，面露無所畏懼的笑容回答：

「我沒有在玩騎士遊戲，舒梅爾・蜜多・華華。我本來是想掌握更多證據再來的，但是現在的情況不允許我繼續等待了。」

儘管達克妮絲一臉嚴肅地以完全不輸給對方的貴族態度回應，我還是忍不住吐槽。

「妳是紅魔族嗎？」

「才、才不是！那邊的平民，要是你膽敢再稱我為紅魔族，我可不會輕饒！」

我對著以略帶紅色的眼睛瞪視我的華華說道：

「可是剛才達克妮絲叫妳華華。」

「閉嘴！再嘲弄我的名字就處決你！」

然而包括那雙略帶紅色的眼睛還有名字在內，她絕對有紅魔族的血統……

達克妮絲對著困惑不已的我解釋。

「舒梅爾家的族人代代都是強大的魔法師。我記得前前任家主迎娶的妻子確實是紅魔族。因為貴族很喜歡將強者的血脈融入家族的血統之中……」

「原來如此，幫華華取名的人是祖母啊。」

「我說過再嘲弄我的名字就處決你，平民！『Cursed Lightning』！」

華華似乎對於自己的名字懷有複雜的情緒，突然對我施放魔法。

那是我這個等級不高，而且魔法抗性很低的人挨了一發就死定了的上級魔法。

不過——

「唔……挺厲害的嘛，舒梅爾！」

跳。

「達斯堤尼斯……！」

達克妮絲瞬間成為我的盾牌，用身體替我擋下朝我襲來的魔法。

達克妮絲真不愧是抗性怪物，她不僅直接擋下那種魔法，還帶著有點高興的表情活蹦亂跳。

「本來還擔心證據不足，但是現在已經不重要了。在城中使用上級以上的魔法就是犯罪。而且還讓我這個公爵家的人受傷，這下子師出有名！」

華華露出快哭出來的表情對著得意洋洋的達克妮絲叫道：

「可、可惡，妳算計我！達斯堤尼斯！妳自己也叫拉拉蒂娜這種名字，還故意找人用名字挑釁我出手，太卑鄙了！我們同樣都是被取了丟臉名字的人，以前就算在派對上遇到妳，我也會刻意不叫妳的名字！」

「不、不要叫我拉拉蒂娜！我沒有挑釁妳，那是我的夥伴自己說的！」

這兩個人是不是意外合得來啊。

「不過我覺得拉拉蒂娜和華華都是很可愛的名字。」

「我身邊有幾名認識的紅魔族，所以現在聽到特別的名字也沒什麼特別的感覺。」

展開對峙的華華和拉拉蒂娜似乎聽到我們的對話，兩人頓時害臊到滿臉通紅。

「看來沒有必要再多說什麼了，達斯堤尼斯！我判斷你們是來搶奪我家寶物庫的賊人！

我在法庭提出證詞時，會表明自己只是使用魔法驅趕盜賊而已！」

如此宣言的華華舉起一隻手，身後的私人部隊便隨即擺出戰鬥架式。

「這下簡單多了也比較好辦，舒梅爾！既然如此我們就傾盡全力衝進去！我知道妳是純粹的虐待狂，也知道妳的寶物庫裡一定藏著和妳的嗜好有關的違禁品！『隸屬項圈』就在裡面吧！妳肯定打算將它套在喜歡的男人脖子上，命令他做下流的事吧！這個大變態！」

「妳、妳不要敗壞我的名聲，達斯堤尼斯，妳這個純粹的受虐狂有什麼資格說我！還有妳怎麼會知道我家寶物庫裡有什麼……不、不對，等一下。你們襲擊附近貴族宅邸的真正原因，才不是為了維護正義這種正當的理由而調查犯罪……」

就在華華的臉色驟變之時，站在最前頭的達克妮絲抽出她的劍，彷彿不願讓她繼續說下去般激勵現場士氣。

「衝啊——！」

7

當天晚上。

（助手老弟，你還醒著嗎？）

（嗯，當然還醒著。我已經準備好了。）

我隔著窗戶低聲回答從陽臺來訪的克莉絲。

現在已經是大部分的酒吧都關門，連阿克婭也就寢的時間。

我拿起面具跳到陽臺上。

（喔，好久沒有見到那個面具了。看來今晚的助手老弟是認真的。）

（要是這次不拿出真本領，我們就逮不住那個笨蛋了。）

儘管我們沒有事先商量，但是彼此都明白今晚該做些什麼。

（我們得稍微給她一點教訓才行。她口口聲聲說要我相信她，竟然還做出那種事，這次可不能輕易饒過她。）

（對，達克妮絲平常那麼愛說教，我們今晚一定要罵到她哭出來。）

——達克妮絲毅然決然地突襲華華的家，領兵大鬧一番之後闖入寶物庫。

結果不出所料，寶物庫裡存放許多違禁品，隨後全都被達斯堤尼斯家扣押了。

之後達克妮絲得意洋洋地展現那些證據，至於華華則是揚言要在法庭上把達克妮絲的性癖全都抖出來，兩人隨即大打出手，因此我和克莉絲使用「Bind」將她們綁起來。

接下來只要把那些證據當成罪證，交由達克妮絲或王室的人處理就好——

（她以欣喜的模樣說什麼「很遺憾沒有找到妳所說的神器。不過克莉絲，妳放心吧。我一定會找出那個項圈！」這種話，完全沒有說服力。所以我才說絕對不能讓達克妮絲掌握那個神器。我們是認識很久的朋友了，所以我知道一定會變成這樣。）

如果當時把只要說謊就會發出鈴聲的魔道具擺在達克妮絲面前，肯定會響個不停。

已從克莉絲的摯友降為朋友的達克妮絲，帶著許多扣押起來當成證據的違禁品回去了。

而我身為和達克妮絲認識已久的熟人，很清楚那傢伙接下來打算做什麼。

（對了，助手老弟。你有想過最壞的情況嗎？）

（……什麼最壞的情況？我猜她現在有可能把那個隸屬項圈套在自己脖子上玩吧。）

然而克莉絲搖了搖頭，以認真的語氣開口。

（那個東西原本就不是單獨使用的道具。既然是用來使某人服從的神器，那麼如果達克妮絲想用項圈做些奇怪的事，就必須有一個主人。）

隸屬項圈效果是如果戴上項圈的人不服從擁有者的命令，就會遭受極大的痛苦。

為了體會那種痛苦，達克妮絲需要有一個能對她下命令的擁有者——

（原來如此……那傢伙到底打算讓誰來當她的主人呢？她該不會打算把家人也捲進這件

事裡吧……？）

接著克莉絲面帶笑意低語：

（那個人必須是了解達克妮絲羞恥性癖的人。此外萬一達克妮絲無法承受極大的痛苦，不得不服從那個人的命令也沒關係的對象。那麼那個人是誰不是很明顯嗎？）

……嗯，確實，坦白說我也隱約想到了。

話說回來，她可能會依據下達的命令的不同，嘴上說不願意最後還是老實服從，實際上我也有點期待。

我不好意思地搔著後腦杓說道：

（哎呀，果然妳也是這麼認為嗎？不過真傷腦筋，我們畢竟是同個隊伍的夥伴，要是越過那條線的話，從明天開始該怎麼面對彼此才好……）

（少來了，你自己不也是有那種想法嗎？欸，要是你被指定為主人的話，你會對她下什麼命令？你可以趁機利用神器對達克妮絲做些有的沒的喔。）

克莉絲用手肘戳了戳我的側腹，彷彿是在捉弄我。

「我想想……先讓她○○再××，順便再讓她用○來○之後，再命令她○×。喔，穿上女僕裝當然是最基本的，不過內衣的話就……頭目，是妳自己提出這個話題的，怎麼可以一臉嫌棄啊。」

「聽到你的想法還不嫌棄的人才奇怪吧。就連達克妮絲也會嫌棄你喔。你可不能接觸那個神器。」

這個人自己拋出話題還說這種話，未免太過分了。

話雖如此，我們必須在達克妮絲失去理智隨便認主人之前，儘快搶走隸屬項圈。

我戴上手中的面具，久違地暗自決定拿出真本領。

「……我保證不會做剛才說的那些事，要是我成為她的主人，我可以利用神器稍微玩一下嗎？」

「要是你濫用神器的話，我會對你降下天罰喔，和真先生。」

真是非常抱歉。

——士兵在達斯堤尼斯公爵家中大聲呼喊。

「有盜賊——！」

俗話說第三次才是認真的。

這是我們在這幾天裡第三次闖進達斯堤尼斯公爵家了，我希望這一連串的事能在今晚告一段落。

因此今晚我不會使用任何小手段。

「真沒想到你會選擇強行突破。今晚的助手老弟確實很認真。」

「戴上這個面具後，心裡就會莫名湧現自己無所不能的感覺。」

特別是愈接近滿月的日子，這種感覺就愈強烈。

這是從巴尼爾那裡得到的面具，上頭該不會有什麼詛咒吧？

「你們知道這裡是哪裡嗎！」

「前幾天潛入寶物庫，還在大小姐的相簿塗鴉的人也是你們嗎！」

當我們堂堂正正從正門闖入宅邸，擔任守衛的士兵放聲喝斥。

聽到士兵們的呼喊，我轉頭望向克莉絲。

「妳居然趁我不在的時候幹了這種事喔。」

「我一直有點嚮往在朋友的照片上塗鴉嘛。」

克莉絲害羞地搔著後腦杓，同時將繩索對準眼前的士兵。

「『Bind』！」

「喝！」

克莉絲使用技能拋出繩索，卻被士兵用劍輕易砍斷。

技能被人如此輕易破解，克莉絲顯得有許動搖。

「助、助手老弟，這些人有點厲害喔！」

「畢竟是達克妮絲老家的士兵，肯定沒有弱者。『Create Earth』！『Wind Breath』！」

「唔啊！」

「這、這傢伙……！」

面前的士兵因為雙眼遭到蒙蔽而停下動作。

就在我們打算趁機從旁邊溜走時，另一名士兵對著我們叫道：

「喂，我有看過這個連招！這傢伙以前就曾經闖進來，他是大小姐的朋友！小心他瞄準眼睛的技能還有冰魔法！可能還有其他手段！」

「我想起來了，就是那時候的人！話說我也記得那個戴著面罩遮住半張臉的銀髮少年。他也是大小姐的朋友。」

突然被認出來了。

「才才才、才不是，我和達克妮絲沒有任何關係！而且我也不是什麼少年！」

「頭目，這下該改變計畫了。達斯堤尼斯家的士兵太強了，我們把情況解釋清楚，把他們拉到我們這邊吧。」

就在這時。

「這場騷動是怎麼回事？」

隨著低沉的聲音響起，達克妮絲的父親帶著幾名士兵現身。

伯父單手拿著一把寬大的長劍，散發充滿貴族風範的強者氣場。
沒錯，這個世界的王族和貴族基本上都很強。
當我和克莉絲感到緊張時，伯父面露微笑：
「你們……是女兒的朋友克莉絲及和真吧？這麼晚了有什麼事嗎？」
「我與您的女兒無關，只是個路過的義賊。」
「伯父，好久不見了。我們會這麼做其實是有隱情的。」
克莉絲聽到我這麼乾脆就坦承身分，開口與我爭辯：
「等一下，助手老弟，你放棄得太快了！你的國家不是有個偉人曾經說過嗎？現在放棄的話就結束了！」
「頭目，我們沒有別的方法應對這個情況了。而且伯父聽到我們解釋後應該能夠理解。畢竟那是女兒犯的錯嘛。」
達克妮絲平時的表現可能會讓人產生誤解，但她的父親確實是公爵家家主，並不是一個弱者，道歉是現在最好的選擇。
伯父對我向克莉絲說的話起了反應。
「……女兒犯的錯？這究竟是怎麼回事？告訴我吧。」

8

我和克莉絲被帶到接待室後坦白了一切。

伯父聽完我們的解釋，忍不住抱著頭蹲下。

「真是辛苦你們了。那孩子平常很慎重，今天卻突然強硬起來大肆搜查，我也感到不對勁……唉，真的很抱歉。」

我對低頭向我們道歉的伯父點點頭。

「她真的很令人頭疼。您家的女兒到底是怎麼回事？還請您好好管教她。」

「喂，助手老弟少說幾句。嗯……總而言之，達克妮絲大概自己藏著那個神器。那是個很危險的東西，我們打算把它收走，可以請您幫忙嗎？」

「當然了，如果真是這樣我會幫忙。我也想相信我的女兒，但是……」

理解自己女兒的伯父說得支支吾吾，似乎感到很尷尬。

「我覺得絕對是她拿走的。」

「喂，助手老弟，在人家父親面前委婉一點。我也很想相信達克妮絲，可是……」

「不會，儘管很不好意思，但我也覺得東西在女兒那裡。」

看來這個父親在另一個意義十分信任自己的女兒。

——得到伯父的協助後，我們來到達克尼斯的房前。

除了伯父以外，我們也已經向宅邸的其他人說明情況。

即使這件事順利解決，達克妮絲家裡的人也都會知道大小姐又做了蠢事。

就讓達克妮絲之後羞恥到滿地打滾吧。

我和克莉絲對視一眼，彼此點了點頭後，將耳朵湊到門上聆聽房裡的動靜。

就在這時，房裡傳出達克妮絲焦躁的聲音——

「——可惡！這個東西到底該怎麼用，就沒有附說明書嗎！可是好歹是神器，要是一不小心肯定會引發大麻煩……」

完全就是她幹的好事。

我們看著彼此的臉，互相推託。

「那傢伙是頭目的朋友吧？請妳把她拉回正途吧。」

「我和她只是認識而已。你是她的隊友又是同居人，才應該幫她變回正常人吧。」

我只不過是和達克妮絲住在一起的室友而已。

「誰在外面？我說過今天任何人都不准靠近我的房間！」

似乎是因為我們完全沒有壓低說話的音量，於是被房裡的達克妮絲聽見了。

她那無比強硬的語氣有點尖銳，聽起來似乎也對自己的行為感到愧疚。

這種強硬的命令或許能嚇到家裡的傭人，不過對我們來說是行不通的。

我敲了敲門說道：

「我啦我啦，是我啦。我是和真。妳快點開門。」

「我是克莉絲，我也來嘍。我們稍微聊聊吧。」

「你、你們怎麼會在這裡！不、不是，那個……現在時間已經很晚了，有什麼話明天再聊好嗎？」

房中傳來達克妮絲倒吸一口氣，以及慌張回答的聲音。

克莉絲聽到達克尼斯的回答，拿出撬鎖的工具。

「助手老弟，繩子準備好了嗎？我打開鎖之後立刻衝進去。然後用『Bind』把她綁起來，讓她失去反抗能力。」

「交給我吧，我會把她整個人綑起來。」

「別別、別這樣！你們在這種時間闖進公爵之女的臥室可是重罪喔！」

達克妮絲或許是判斷再這樣下去出我們會直接開門，試圖用權力威脅我們。

然而……

「達克妮絲的父親已經允許我們這麼做了。他甚至拜託我們好好照顧女兒。」

「順便說一下，就算妳想從窗戶逃走也沒用，妳家的士兵都在窗戶下面待命喔。」

「唔！」

克莉絲打開門鎖的瞬間，我便踹開房門！

「『Bind』！」

「我才不會中招啊啊啊啊！」

我在進入房間的同時拋出的繩子，捆住達克妮絲扔過來的床。

「這、這傢伙平常明明是個廢物！」

「你們在外面說的話我都聽見了，我也是很聰明的！怎麼可能每次都會被你綁住！」

看來今晚的達克妮絲也是認真的。

身穿睡袍的達克妮絲一邊喘氣一邊回答，可能是因為剛才扔了床的關係。

「……平常對妳使用『Bind』都沒辦法抵抗，難道妳是故意被捆住的嗎？」

「關於那件事我保持沉默……嗯？妳們用來綁人的繩索似乎已經用完了。」

我和克莉絲為了方便行動，兩人身上都只帶了一條用來「Bind」的繩索。

克莉絲的繩索剛才被士兵斬斷，我的繩索則是綁在床上。

「我們要應付的人畢竟是達克妮絲，總會有辦法解決的。況且我們還有兩個人。」

「沒錯，我們一身輕裝，達克妮絲反而打不到我們。我們只要來一下『Steal』就能完事了吧？」

儘管這傢伙能防住「Bind」令人相當意外，但是這座宅邸的其他人全都站在我們這邊，我已經能預見我們的勝利。

……然而達克妮絲像是看透了一切，露出無所畏懼的笑容。

「你們覺得冒險者和盜賊能贏過認真起來的十字騎士嗎？還有你們是否誤會了什麼？例如這個項圈……」

如此說道的達克妮絲，彎腰撿起掉在腳邊的項圈。

「「『Steal』——」」

就在我們發動技能的瞬間，她把項圈朝後面一扔。

「只要我沒有把東西帶在身上，你們的『Steal』就偷不到了。」

「Steal」這個技能的效果是從對方的持有物當中隨機偷取一樣東西。

如果對方對抗「Steal」的對策是帶著許多石頭或垃圾在身上，憑我和克莉絲的幸運值，還是有信心能偷到……

「欸，助手老弟，達克妮絲從來沒有這麼聰明耶！她到底是怎麼了？」

「就連『Bind』都能擋下來，真的很奇怪。平時的蠢樣彷彿不復存在。」

「不、不要把平常的我說得好像笨蛋一樣！我本來就是受過良好教育的貴族千金！」

看來是激動的欲望驅使達克妮絲的腦袋全速運轉。

既然如此，我們就必須與她正面對決……

「助、助手老弟，你去壓制達克妮絲，我會趁機奪走項圈。」

「我、我才不要。我根本壓制不了這個握力和猩猩同等級的傢伙。她不至於對頭目做出太過分的事，就由妳去當誘餌吧。」

我們互相推託誰去當誘餌，同時緩緩接近達克妮絲。

我們打算趁達克妮絲不注意時衝過去搶走項圈，然而我們的企圖似乎也被她看穿了。

「喂，達克妮絲，我們做個交易吧。那個項圈先暫時借給妳玩，如果妳需要的話，我甚至可以當妳的主人，等妳滿足之後再把項圈交給克莉絲。這樣如何？」

「佐藤和真先生，我不允許你們在我面前做這種骯髒的交易。」

就在克莉絲嚴肅的語氣讓我瞬間感到膽怯時。

「和真，不要小看我！我心懷達斯堤尼斯一族的驕傲，寧願自己使用神器，也不會讓小偷偷走！」

達克妮絲坦蕩蕩地宣言之後，迅速撿起剛才落在身後的神器，毫不遲疑地套在自己的脖子上。

沒錯，我們這一趟的目標——隸屬項圈就這麼喀嚓一聲戴在她的脖子上……

「妳這傢伙竟然真的戴上去了！平常明明還挺正經的，為什麼只有在面對欲望的時候這麼果斷！」

「妳到底為什麼要這麼做呀！助手老弟退下！我來當達克妮絲的主人！」

克里斯一邊這麼說，一邊像是要從我手中保護達克妮絲一般往前走。

「不，等一下，達克妮絲是我重要的夥伴，這個責任由我來承擔。」

「不行，反正你一定是想命令達克妮絲做色色的事吧！就算我成為她的主人，最多也只會讓她在大街上唱歌而已！」

「請別瞧不起我。我也會讓這傢伙做些她討厭的事！像是讓她穿上輕飄飄的可愛衣服，去公園和小孩子一起玩！」

「我、我開始有些後悔戴上神器了……」

儘管達克妮絲聽聞我們的爭吵後萌生悔意，但她似乎還是下定決心，指著我說道：

「我的主人就是你了，和真！本人，達斯堤尼斯·福特·拉拉蒂娜即刻起隸屬於佐藤和真！」

項圈在達克妮絲放聲宣言之後微微發亮。

原本以為要親手把項圈戴到別人身上，才能強迫對方服從自己，沒想到這個神器是這麼用的。

還可以把主人的身分強行塞給別人嗎……

「原來還有這種用法啊……」

不對。看來對於神來說，這也是意料之外的用法。

「來，和真，對我下令吧！如果是我覺得可以服從的命令就會照做。不過要是我有絲毫不滿，我就會全力反抗！」

儘管達克妮絲得意洋洋地如此說道，但是這下就代表……

「對了，不可以什麼命令都不給。主人要為奴隸的所作所為負起全責，要是你不好好指示我，沒有人知道我會做出什麼事情！」

我還以為可以藉由這個身分故意不給命令，然而這個奴隸卻用最差勁的方式威脅我。

「頭目，我不需要這個奴隸。」

「我也不需要啊。可是既然你成為主人，就得負起責任。」

怎麼辦呢？隸屬項圈畢竟是神器，即使是「Steal」也拿不下來吧……

我想像中的奴隸不是這樣，異世界的美少女奴隸應該是更加溫馨的存在吧，為什麼主人會反過來被威脅呢？

我不情不願地對達克妮絲說道：

「那就……請妳慢慢地用挑逗的方式把妳的睡衣裙襬掀起來。」

「助、助手老弟……」

儘管克莉絲嚇得倒退幾步，但是我真的很想說我是不得已的。

「哼！你居然突然提出這種充滿欲望的要求！要我老實服從也可以，但我是五歲的小拉拉蒂娜！和真哥哥，和我一起玩吧！！！！！」

達克妮絲突然壞掉了。

然而不知道為什麼，最為困惑的反倒是說出這種蠢話的當事人。

「頭目，我不知道這種時候該露出什麼表情才好。」

「只要笑就好了。唉……達克妮絲真傻。我不是說過了，要是不服從命令的話，那個神器會帶給人極大的痛苦嗎？」

極大的痛苦。

克莉絲沒說那種痛苦是施加於肉體。

也就是說，神器會引發穿戴者精神層面的痛苦……

「……達克妮絲，妳擺出刻意裝可愛的姿勢，然後試著用貓語說話。」

「絕對不要喵，和真喵，給我記住喵，我宰了你喵！」

「達克妮絲好可愛！我去向達克妮絲的父親借一下魔導相機！」

達克妮絲熱淚盈眶，滿臉通紅地擺出像是偶像一樣的姿勢。

難以判斷她是服從我的命令，還是因為反抗而承受極大的痛苦才這麼做。

然後達克妮絲維持可愛的姿勢說道：

「喂，和真，你太囂張的話會後悔的。我本來不想用這種方式動用權力，但我畢竟是公爵之女。要是我到處宣揚你侮辱了我，世人會相信誰呢？就日常的所作所為來看，我認為自己是很有公信力。好了，明白的話就別再做傻事！不然你一定會吃苦頭！」

達克妮絲似乎意識到戴著項圈的現況無法抵抗，於是用另一種方式威脅我。

儘管她咬牙切齒瞪著我，但是這傢伙似乎還沒有理解自己的處境。

「頭目，乾脆把她帶去伯父那邊吧。然後讓她說些『我最喜歡爸爸』之類的話。」

「助手老弟太厲害了！不管她說不說下場肯定都很悽慘！」

「我真的很對不起你們兩個拜託別那麼做我會死的我把這個神器還給你們拜託就這麼饒過我吧！」

我們帶著一邊哭一邊搖頭的達克妮絲去見她的父親。

「欸，助手老弟，等一下換我當主人。我要讓她穿上超級可愛的衣服，讓她在大街上出

道當偶像。」

「那麼乾脆帶她去冒險者公會吧。讓她在一群熟人面前來場印象深刻的偶像出道秀。」

「你們是不是在生氣！欸，你們很生氣對吧！我真的很抱歉，對不起！我已經在反省了，不會再做蠢事了！」

——在那之後，達克妮絲在父親和家人面前進行一場「拉拉蒂娜攝影會」，然後在家裡躲了大約一個星期——

前魔王軍幹部的認真對決！

1

維茲和巴尼爾在城鎮附近的山丘上對峙。

「上一次和巴尼爾先生認真戰鬥，應該是我還是人類的時候吧。」

維茲的眼神無比凝重，脫下圍裙做好戰鬥的準備。

相對的，巴尼爾則是嘴角浮現淡淡的笑容。

「嗯。當時的汝是個內心充滿驕傲和勇氣的頂尖冒險者。吾會無償教導汝轉化成巫妖的禁咒，也是被那樣的汝所吸引的緣故。」

…………

「巴、巴尼爾先生太狡猾了，怎麼可以突然說這種話！事到如今就算說好話恭維我，也絕對不會饒過你！不過，你可以再多說一點嗎？」

面對明顯動搖的維茲，巴尼爾以嫌惡的模樣扭曲嘴角。

「看吧，當初的維茲變成現在這副德性！把吾所認可的維茲交出來！吾想見的人不是汝這個欠債巫妖！」

「我在這裡！巴尼爾先生認可的維茲就是我！我對借錢的事道歉，但那是店裡必要的開支！先是加以奉承再貶低我，實在太過分了！」

就在維茲一臉泫然欲泣地反駁自己就在這裡時，巴尼爾將手擺在面具上。

「這麼說來，吾從來沒讓汝見過吾面具底下的模樣吧。吾等接下來要認真對決，那麼吾也該毫無保留全力以赴。」

「咦咦！巴巴巴、巴尼爾先生請等一下！冒險者公會的櫃檯露娜小姐曾經說過！她說巴尼爾先生的真面目非常帥氣！你的策略就是在戰鬥前讓我見到你的真面目，好讓我在戰鬥的時候心生猶豫吧！不過那麼做是沒用的，不管你有多帥——」

慌張的維茲話還沒說完，巴尼爾便扔出他的面具。

象徵身分的面具拿下以後，底下——

「……『Cursed Crystal Prison』！」

本該是面孔的地方貼著大小足以映照出維茲整張臉的鏡子，上面還寫著「大齡剩女巫妖的蠢臉」。

維茲的魔法直接襲向巴尼爾拿下面具即將崩毀的身軀。

巴尼爾以泥土製成的身體被封在冰塊裡就此固定，免於四分五裂。

接著扔在地上的面具下方滾滾湧現一具身體。

「哼哈哈哈哈哈哈哈！吾面具下的模樣不知為何十分受到女士們的歡迎！儘管吾不在意展示面孔，但是別人想看時吾就不想讓人看了，這就是惡魔的天性。既然汝那麼好奇的話，給吾五萬艾莉絲就讓汝瞧瞧！」

至於遭到巴尼爾挑釁的維茲則是微微一笑，然而眼神還是一樣冰冷。

「呵呵呵呵呵呵。巴尼爾先生真是的，為了區區五萬艾莉絲就賤賣自己真的好嗎？其實我從以前就有個商品構想。雖然目標客群有限，但是我有信心絕對可以大賣。」

「喔喔，維茲的自信之作真是太滑稽了！肯定是很有趣的商品吧！」

巴尼爾絲毫不信任維茲的商業頭腦，聽到這番話後大笑出聲。

不過維茲毫不在意巴尼爾的嘲諷，伸手指向遭到冰封的泥土身軀。

「那就是商品。我想把巴尼爾先生附身過的臨時軀體冰封起來，賣給那些夢魔……」

「不許賣吾！這個殘酷無情的店長！這種行為比吾賣周邊的行為狠毒多了！」

在遠處觀望兩人爭吵的我轉頭詢問阿克婭：

「欸，妳覺得誰會贏？光是站在旁邊看也太浪費了，要不要賭賭看誰會贏？」

「肯定是維茲會贏啊。我平常可能在賭博方面贏不了和真，但是這次完全不覺得會輸。是啦，比起那個怪異面具惡魔，我更支持維茲！」

阿克婭滿懷自信地對我這麼說，不過看樣子賭注無法成立。

因為——

「真是巧了，我也覺得維茲會贏。如果是普通的比試，還會覺得勢均力敵……」

然而維茲今天的鬥志與以往完全不同。

我知道巴尼爾強到有如作弊一樣，但他今天應該要吃癟了——

2

某一天的午後。

當我和阿克婭在大廳懶散無所事事時，負責打掃的惠惠嫌棄我們太過礙事，把我們趕出家門。

達克妮絲為了處理公務一大早就出門，閒來無事的我們來到魔道具店玩耍。

「汝等到底把這家店當成什麼地方。上次也是和那個搞笑種族一起來這裡閒晃，把惡魔之戒弄壞了。這裡不是讓汝等玩樂的地方，如果沒事就滾回去！」

巴尼爾一邊拿著布擦拭魔道具，一邊嫌棄地對我們說道。

前陣子發生過惠惠戴上名為惡魔之戒的稀有魔道具，之後取不下來的事件，自從毀了那枚戒指以來，巴尼爾就對我們特別警戒。

儘管巴尼爾看起來很傷腦筋，不過這間店的美女店長總會招待我們喝茶，使得這間店完全變成我們休憩的地方。

「別這麼說嘛，巴尼爾先生，反正店裡也沒有客人，他們來玩一下不也挺好的。而且兩位來得正是時候。其實我有個新商品想讓你們看看。」

維茲動作俐落地泡著茶，還以開朗的態度對我們這麼說。

「……汝剛才說什麼？吾好像聽到什麼新商品。」

「是的，是我充滿信心的新商品！呵呵，這絕對會大賣喔。這個商品是我偷偷研發的，就是為了讓巴尼爾先生大吃一驚！」

巴尼爾以戰戰兢兢的語氣對一臉得意的維茲問道：

「……在看商品前吾想確認一件事。吾已經威脅過城裡的放貸業者，讓他們不再隨便借錢給汝了。而且吾也不認為重視盈虧的銀行，會同意賠錢店長提出的還款計畫書……汝是怎麼籌備資金的？」

「巴尼爾先生真是愛操心呢，我沒有跟人借錢啦。其實我在店裡尋找有沒有能拿去換錢的東西時，居然發現了隱藏房間和寶箱！」

巴尼爾衝向店鋪深處。

接著店裡傳來重物移動的隆隆聲響，臉色大變的巴尼爾回來了。

「汝這個人明明完全沒有做生意的眼光，為什麼只有在這方面這麼敏銳！汝動用吾特地改造房間藏起來的經營資金了嗎！」

「為、為什麼突然這麼凶！那些難道是巴尼爾先生的私房錢嗎？你、你不說清楚的話我怎麼會知道那是你的。我用探測魔法尋找店裡有沒有能拿去換錢的東西，就找到了那個隱藏房間。接著就在房間裡找到寶箱啦。這樣當然會把裡面的錢用掉嘛。」

沒錯，維茲擁有攻略許多地城的經歷，思考方式有如冒險者也是無可奈何的事。

「店裡怎麼可能會憑空生出寶箱！稍微想一下就能知道那是吾留下來的東西吧！」

「我、我以為是因為身為巫妖的我長年居住在這裡，導致部分店鋪變成地城……」

「要是那麼容易就能變成地城，吾也不會拜託汝創建地城了！唉，吾辛辛苦苦打工賺來的經營資金……這個濫用公款的店長要怎麼負責！」

維茲就像是要逃離步步逼近的巴尼爾，維持同樣的距離往後退。

「請、請等一下，巴尼爾先生！這次是因為溝通不良，才會引發不幸的事故！你想一下，就是報聯商不夠確實！我們是共同經營者，一心同體！彼此之間不應該有祕密！」

「儘管汝是為了讓吾大吃一驚才瞞著吾研發商品，但是世上哪有這麼不講理的一心同體！雖然對於惡魔而言契約是絕對必須遵守，不過吾不管了。就算得支付鉅額違約金，也要終止和汝的契約……喂、喂，汝做什麼！放開汝的手，這個累贅店長！」

維茲聽到巴尼爾這麼說，伸手緊緊抓著他唯恐他逃走。

「你要拋棄我嗎，巴尼爾先生！你平常那樣玩弄我的心，現在卻想拋棄我嗎！你還對我說過『一起振興店裡的生意』這種甜言蜜語，現在卻要拋棄我嗎！」

「不要用那種會引人誤會的說法！別把吞食負面情感說成玩弄別人的心！」

巴尼爾露出很傷腦筋的模樣，反駁維茲哭訴的話語。

面對地獄的大惡魔揚言撕毀契約的罕見情況，手持茶點的阿克婭也顯得興趣盎然。

「和真先生和真先生，感覺好像在看午間連續劇的愛恨糾葛，太有趣了。你覺得維茲還有翻盤的機會嗎？」

「這個場景就像妻子想離家出走，愛亂花錢的小白臉丈夫拚命阻止一樣。要是巴尼爾真的拋棄這間店，這下肯定會倒閉，所以維茲絕對不可能放棄。接下來就是巴尼爾踏上逃亡之旅，以及維茲在後頭苦苦追趕的長篇故事。」

「愛湊熱鬧的女人還有胡言亂語的小鬼，別光是在旁邊看，快阻止這個女人！」

巴尼爾用雙手推開糾纏自己的維茲的腦袋，同時對我們喊道。

這時維茲似乎突然發現什麼。

「巴尼爾先生，請你至少看一下我研發的新商品！這麼一來你就會改變主意，放棄撕毀

契約的想法了！這個絕對會大賣！」

「吾已經聽膩汝說的『絕對會大賣』那句話了！……那就這麼辦吧。要是吾判斷新商品是賠錢貨，汝就得用身體去賺錢。」

聽聞維茲帶著一絲期待提出的提議後，巴尼爾說出惡魔般的要求。

「那個，你說要讓維茲用身體去賺錢，可以詳細說明一下要怎麼賺嗎？」

「面對這個情況，你居然還能問出那種問題。」

然而即使聽聞這種要求，維茲還是因為有了挽留巴尼爾的契機而面露喜色。

「沒問題，如果你不看好我的新商品，想怎麼使喚我都可以！來，你看看吧，巴尼爾先生！這次的商品是這個！」

如此說道的維茲拿出一具大小大約到成人膝蓋的人偶。

人偶設計成少女的模樣，相當可愛，看起來像是會受到孩子們歡迎的商品。

「……嗯。汝能設計出這種東西已經很不錯了，不過這不僅僅只是個人偶吧？」

聽到巴尼爾這番評論，維茲露出一副「你問得正好」的笑容。

「這是我參考巴尼爾先生的人偶後，製作出來的自動女僕人偶！請你們再看一下！」

她說完話便把人偶擺在地板按下按鈕，人偶便用掃把開始進行清掃。

儘管打掃的效率比地球的掃地機器人還差，不過或許仍是劃時代的魔道具。

「乍看之下賣相不錯，但是肯定有什麼重大缺陷吧？像是一具的製作費用要一千萬艾莉絲，僱用清潔人員還比較便宜，或是只能使用三分鐘之類的。」

巴尼爾已經和維茲認識已久，隨口就說出可能會有的缺點。

「完全沒有那方面的問題！研發費用確實花了不少錢，但是只要能以一具五萬艾莉絲的價格出售就能回本！而且運作時間也超過半天！此外還設有能吸收游離在空氣中的魔力的構造，只要妥善使用，用上幾十年也不成問題！」

「……真、真的嗎？儘管這麼聽來似乎是很棒的商品，但吾真的可以相信汝嗎？」

即使巴尼爾心有疑慮，卻又十分想要相信。維茲笑容滿面地望著糾結不已的他說道：

「嗯，全都是真的！而且附加的功能還不只有這些！」

「喔喔……！它還有什麼功能，說來聽聽吧！」

維茲輕輕抱起人偶，一臉自豪地開口：

「它還附有警備功能，可以保護它的主人喔！一旦感應到登記名單以外的人，就會發出警告之後自爆，從而擊退入侵者……」

『已感應到入侵者。即將自爆將之擊退。』

「馬上就要自爆了！這個廢物蠢蛋！」

巴尼爾一把抓住人偶，衝出屋外將其扔向空中。

人偶的碎片隨著爆炸聲四散，附近的人們紛紛探頭觀望究竟發生什麼事。

「威、威力可能有點太強了，不過警備功能確實很到位吧！」

「汝想說的話只有這些嗎？……受不了，要把這種東西帶進店裡的話，至少先實驗一下吧，粗心店長。不過如果能調整爆炸的威力，這個功能確實不壞。只要提醒顧客把自己的家人，還有經常去家裡拜訪的客人登記起來就行了。嗯，這樣的話……」

維茲一臉茫然地對陷入沉思的巴尼爾放話：

「爆炸的威力沒辦法減弱喔。還有一具人偶只能登記一個使用者。那可是女僕人偶喔。女僕侍奉的主人非得是一個人才行。」

「……這樣啊。吾不太能理解汝對這方面的堅持，不過還是把自爆功能去掉吧。只要能當成打掃人偶來賣應該就能賣得很好。」

聽到巴尼爾的提議，維茲仍舊一臉茫然。

「爆炸功能沒辦法去掉喔。這些功能全都是互相連動，要是缺少其中一個功能，就沒辦法運作了。不過不用擔心，在單身者族群當中一定能賣得很好。」

「怎麼可能會賣啊！這個賣破爛的店長！每次有人來家裡就會有被炸飛的風險，誰會買這種危險的東西！明明一開始聽起來還不錯，為什麼要加上自爆功能！」

被巴尼爾抓著搖晃的維茲狼狽說道：

「我、我不是說了參考巴尼爾先生的人偶嗎？所以我以為自爆功能是必備的……」

巴尼爾對著辯解的維茲大吼：

「吾的人偶是為了防禦地城製作，當然得會自爆！夠了，這種東西賣得出去才怪！汝就依照約定用身體賺錢吧！」

「什、什麼嘛，我知道了，我會用我的身體去賺錢的！別看我這樣，我可是很厲害的喔！我會好好表現給你看的！」

儘管維茲一副自暴自棄的態度，但是我相信維茲真的很厲害。

該怎麼辦才好？她什麼時候開始上班？現在能先預約嗎？

「就是這個氣魄！那就讓汝在屬下經營的那家店工作一週好了。放心吧，雖然汝可能沒有概念，不過汝還是有市場的。一週時間賺的除了賠償應該還有剩。」

高興的巴尼爾說出這番話後，維茲不知為何沉默了半晌。

「……請等一下。你的屬下經營的店，難道是夢魔小姐她們的店嗎？」

巴尼爾偏著頭對一臉困惑的維茲說道：

「……那是當然。除此之外汝還能靠其他方法賺到錢嗎？既沒有生活能力也沒有商業才能的汝，也只剩下莫名有肉的軀體……」

「別再說了，巴尼爾先生，你到底打算讓我做什麼！我說的用身體賺錢，是活用我身為前冒險者的經驗來賺錢的意思！」

原來如此，維茲從前是個優秀的冒險者。

相比在夢魔店工作，完成高難度的任務能賺得更多吧……

「和真先生和真先生，為什麼你看起來這麼失望？」

「我才沒有失望。不要說這種破壞別人名聲的話。」

然而聽到維茲如此宣言，巴尼爾顯得更加疑惑。

「汝已經變成巫妖，沒辦法讓人看見汝的冒險者卡吧。到底打算怎麼接任務？」

「不是非得接任務才能賺錢。巴尼爾先生不是冒險者，所以可能不清楚，其實就算不透過冒險者公會仲介，也有其他方法能賺錢喔。」

儘管冒險者公會會收購大家打倒的怪物，但是並沒有硬性規定一定得賣給公會。

維茲自己就是經營商店的店長，隸屬於商人公會。

至少有一個管道能販售怪物的素材——

隔日早上。

「那麼巴尼爾先生，麻煩你在我離開的這段時間管理這家店了。」

揹著行李的維茲站在魔道具店的門口如此說道。

我還以為她會在阿克塞爾附近賺錢，但她似乎計劃要去更遠的地方。

可能是因為這一帶只有弱小的怪物，所以獲得的素材價值相對較低吧。

「嗯。交由吾管理的話，可以在五年左右的時間經營成大商會，所以汝在那之前就不必回來了。」

「我、我才不要！這是我的店，不管倒閉還是成長，我都會陪在它身邊！」

維茲一邊堅決反駁巴尼爾，一邊轉頭望向我和阿克婭。

「請兩位也要好好保重。雖然暫時見不到面有些遺憾，但是我會儘快回來。」

「嗯，維茲不在的話我就吃不到茶點了。妳要在我餓到哭出來之前回來喔。」

「不是，就叫妳別再把維茲的店當喫茶店了……」

維茲輕輕笑了，再次望向巴尼爾。

「好了，巴尼爾先生，我差不多該出發了。麻煩你照顧我種在店後面的蘿蔔苗。請你記得每天曬曬太陽，還要澆水喔。」

「嗯，那個畢竟是汝重要的主食。這點小事就交給吾吧，吾會好好管理，不讓蘿蔔苗逃跑的。」

維茲聽到巴尼爾的話之後點點頭，轉身背對我們——

「……澆水的話，等到土乾了以後再用噴霧器噴灑一下就夠了。另外雖說要曬太陽，但

是也不要曬太久喔。最好還是避免陽光直射。」

「知道了知道了，這方面住附近的女士都很清楚，汝就放心地去吧。」

維茲點個頭，邁出腳步。

——然而她只是向前邁出一步，便轉頭對巴尼爾說道：

「…………我不在的時候巴尼爾先生要吃些什麼？有人會提供負面情感嗎？我離開真的沒關係嗎？」

「夠了快走吧，愛操心的店長！在汝把私自挪用的資金賺回來之前都不要回來！」

「什、什麼嘛，稍微挽留我一下也不會怎麼樣吧！我知道了，我很快就會把資金籌措回來的！」

如此說道的維茲依依不捨回望了好幾次，最終還是離開阿克塞爾這座城鎮——

3

當天晚上。

大家一起吃過晚餐，我們懶洋洋地癱在大廳的沙發上，互相聊些今天發生的事。

「所以維茲會暫時離開一陣子。你們去店裡閒晃的話也只會見到巴尼爾。要是做什麼多餘的事可能會被反擊，注意一點吧。」

「你把我們當什麼人了？阿克婭或維茲不在場時，我們才不會去招惹那個惡魔呢。等維茲回來再去鬧他。」

「不對，惠惠，就算她回來也別做那種事，不然又會被施加奇怪的詛咒喔。」

達克妮絲一句話就讓惠惠抖了一下。

前幾天由於她弄壞魔道具，被巴尼爾下了降低魔法威力的詛咒當成懲罰，似乎對此有了輕微的心理創傷。

「不過在維茲回來之前很閒耶。我們也沒有錢去喫茶店……和真先生、和真先生。」

「我可不會給零用錢喔。月初的時候已經給過了吧。」

……聽到我如此提醒，阿克婭便繞到我的背後，自顧自地開始揉捏我的肩膀。

「最近的和真先生呀，也許是因為等級提升有所成長，身材稍微結實了一點，感覺挺不錯的呢。這麼一來就算不經意變得受歡迎也不奇怪呢。」

「雖然妳打算誇獎我，但是聽得讓人很火大。為什麼要說那些多餘的話啊。」

——翌日。

「歡迎歡迎！今天的商品是這個！這是所有冒險者必備的道具，每個隊伍都一定會想要一瓶的解毒藥水！由於快到保存期限，所以價格非常便宜！」

「咦……？這個嘛，確實是很便宜……可是解毒藥水這種東西應該是常備道具，如果保存期限很短的話，買了又有什麼意義？」

「就是說啊。而且附近也沒有多少有毒的怪物……」

我來到魔道具店察看情況時，便見到巴尼爾將一張張桌子擺在店前，正在對著冒險者高聲叫賣。

「是的，是的，吾當然知道。現在會有這樣的價格，也是為了清出庫存。不過各位客人若是幫忙清理庫存，當然會希望本店贈送一些東西吧！」

「不是，就算有贈品也不會特地花錢……」

巴尼爾隨即在解毒藥水的瓶身貼上一張照片。

「現在只要每買五瓶藥水，就送一張冒失店長的照片。」

「我買五瓶。」

「我要。請給我五瓶。」

「身為冒險者，隨身準備解毒藥水也是理所當然的。好啊，也給我五瓶。」

見到巴尼爾使出配套銷售的策略，我迅速靠近他。

「也給我五瓶藥水。我會對維茲保密的，請給我拍最好的那張。」

「居然敢威脅惡魔，真是不知死活。不過既然汝願意出錢買，那就沒問題了。」

我珍惜地將店長的照片……不對，是將對於冒險者來說不可或缺的解毒藥水收起來。

「再見啦，巴尼爾。如果還有其他好商品，我會再來的。」

「唔嗯，那就每天都來吧。吾預計接下來一週都會把平常不賣的商品上架。」

「「「我會再來的。」」」

包含我在內的冒險者立即回應巴尼爾的話——

——在那之後。

「今天的商品是這個！雖然沒什麼特別的，單純只是冒險者必備的乾糧，但是因為快到保存期限了，所以價格比平時還要便宜！此外當然也會提供贈品，現在只要購買五份就能獲得店長被雨淋濕的照片。」

「給我，請給我五份乾糧！」

「乾糧對於冒險者來說是必需品，非買不可啊。請給我五份。」

就如同其他客人所說，乾糧對於冒險者來說確實是必需品。

「我也要五份乾糧。雖然被雨淋濕的店長很棒，不過有沒有更刺激的照片啊？」

「怎麼，汝想要更刺激的照片？那麼只有購買十份乾糧以上的人才能得到。」

「「「請給我十份。」」」

我們想也不想就立刻回答，儘管巴尼爾稍微被我們的氣勢震懾，不過還是迅速將照片交給我們。

正當我們滿懷期待地看向照片——

「哼哈哈哈哈哈哈！你們以為是比剛才那張被雨淋濕的店長還刺激的照片嗎？很遺憾，這是身穿冒險者裝備的攻擊型店長的照片……」

巴尼爾一面分送照片一面大笑，卻不知為何突然沉默下來。

「……吾沒有感受到任何負面情感，這種照片汝等也能接受嗎？」

「「「這種風格也挺好的。」」」

——連日舉行的魔道具店特賣活動。

「今天的商品是這個！雖然只是路邊撿來的小石頭，但是只有購買五塊的顧客才有資格獲得這個信封，吾在裡面隨機放入用餐店長、澆水店長、打掃店長的照片！此外，信封還有低機率能抽中稀有的剛睡醒的店長的照片……」

「一個冒險者隨身帶幾塊石頭用來投擲也很正常吧，給我五塊。」

「投石攻擊這種技巧所有人都辦得到，而且經常用到呢。給我十五塊！」

「提升屬性之後，就連投石攻擊也會變得不可小覷喔。給我三十塊……喂，和真，你不是用弓的嗎？應該不需要吧？」

「我可是全力迴避風險的謹慎男人——和真先生喔。準備一些石頭預防箭矢用完也是理所當然，給我五十塊。還有，包括稀有物品都要完整收藏，這才叫遊戲玩家嘛。」

——直到活動最後一天的今天，依然好評不斷——

「各位，歡迎光臨！今天的商品是這個！乍看之下是個平凡至極的時鐘，但是這個時鐘卻能用性感店長的聲音叫各位起床！這是吾一點一滴將店長的聲音錄製下來，並且巧妙串聯在一起的作品！」

「一萬艾莉絲！」

「兩萬艾莉絲！」

「我出三萬五千萬艾莉絲！」

開放競拍的鬧鐘價格不斷飆漲。

巴尼爾見到如此熱烈的場面，滿心歡喜地高聲大笑。

「哼哈哈哈哈哈哈！謝謝，謝謝各位！多謝惠顧！……小鬼，汝不參加嗎？這些可是只有現在才能買到的期間限定商品喔！」

打從剛才就笑到停不下來的巴尼爾對正在觀望的我搭話。

巴尼爾似乎已經賣掉不少商品，他可能從很久以前就一直在等待維茲不在的時機，趁這個機會大肆販賣她的周邊商品。

一開始被當作購物贈品的店長周邊，最近幾天變成直接販售，到了今天終於演變成拍賣的情況。

「喂喂，巴尼爾，你可別小看我喔。反正真正的好商品最後才會拿出來吧？在那之前我要保留資金。」

「……重點商品確實都放在後半場，不過汝居然沒有阻止吾的意思，而是真心打算一同參與啊。」

看來巴尼爾沒有預料到我會全力參與，似乎對此感到相當意外。

「如果你開始搞不正當的生意，我當然會想辦法阻止。不過這是不正當的生意嗎？看看在場所有人的表情吧，他們的眼神不是都充滿光彩嗎？我怎麼可能妨礙為這麼多客人帶來幸福的生意。」

「……這樣啊。儘管吾完全沒料到汝會用如此率直的眼神講出這種歪理，不過只要汝不阻止就好。對吾來說是件好事。」

如此說道的巴尼爾似乎突然意識到什麼，四處張望。

「對了，自從維茲去旅行之後，吾就沒有見過那個災厄女了。吾還以為她一定會來妨礙吾的生意……」

「我的安排滴水不漏。我也覺得她會來搗亂，所以每天給她零用錢讓她去喝酒了。畢竟守護大家的幸福也是冒險者的工作嘛。」

「……吾額外送汝店長的性感海報，就當作是隱瞞維茲的封口費，以及協助吾做生意的費用吧。」

既然他沒有從事不正當的生意，那麼我就沒有理由阻止他，單純只是這樣而已，並不是輸給欲望。

所以我收下巴尼爾遞給我的海報，當作是熟人私下贈送的禮物，而不是什麼封口費。

……就在我興沖沖地將海報收入懷中時。

「巴尼爾大人————！事情不好了，巴尼爾大人————！」

一名相當眼熟的女孩子跑到忙著生意的巴尼爾面前。

話說參與競拍的冒險者們似乎也都認得她，於是便老實地把路讓出來。

「怎麼這麼慌張？如汝所見，吾正在忙，如果是不重要的小事晚點再說。」

「這、這真的是很嚴重的大事，巴尼爾大人！那個，不方便在這裡說……」

這名尊稱巴尼爾一聲大人的蘿莉女孩，是我常光顧的店的店員。

也就是夢魔小姐。

「在場的人都知道汝的真實身分。都是熟人沒什麼好在意吧？」

「是啊，如果小姐遇上什麼麻煩，依照狀況我也可以幫忙。」

「如果是和那家店有關的事，更要使出渾身解數幫忙了。」

夢魔原先猶豫著是否該說明情況，似乎這才注意到在場的人都是店裡常客。

「巴尼爾大人，其實……我們同胞經營的地城遭到襲擊，現在幾乎快被攻破了！」

蘿莉夢魔含淚訴說，然而巴尼爾卻以感覺很無趣的模樣哼了一聲。

「那又如何，吾之同胞啊。經營地城，意味著用寶藏吸引冒險者加以擊敗，將他們的性命化為自身的食糧。儘管冒險者當中有很多粗人，甚至有些骯髒的傢伙連澡都不洗，但是在地城裡彼此都是賭上性命，即使快要被人攻破，汝也不該尋求協助。沒錯，地城之主最後就該華麗凋零。」

雖然巴尼爾說的話很有道理，不過還是希望他不要自然地嘲諷我們這些冒險者。

蘿莉夢魔似乎理解了巴尼爾拒絕幫忙的意志，她沒有繼續糾纏，而是像是要藏住淚水一般低下頭。

——就在這時，有人低聲說道：

「如果巴尼爾不幫忙，那麼向其他人求助不就行了？小姐說是同胞遇上麻煩，那麼地城之主也是夢魔吧？」

蘿莉夢魔猛然抬頭，窺伺巴尼爾的反應。

在夢魔的注視下，巴尼爾的嘴角勾起一道笑容，彷彿在說「隨便你們」。

儘管他沒有親自出手幫忙的意思，不過看來是認可夢魔運用自身的魅力吸引冒險者，從而拯救地城。

蘿莉夢魔的臉上立刻煥發光彩，連忙回應剛才低語的冒險者。

「是、是的，那一位也是夢魔！她是我們的前輩，以前也曾在店裡工作過！」

蘿莉夢魔這句話讓在場的冒險者為之沸騰。

這也是理所當然的，畢竟在場所有人都是見不得女性流淚的男人。

「不過對方也是同行，我們也不可能真的和人家開打吧？」

「是啊……公會鼓勵大家攻略地城，出手妨礙這種行為本身就是大問題。既然這樣，是不是幫助地城之主逃出來比較好……」

「對了，地城的位置在哪裡？不是已經快被攻陷了嗎？現在出發還來得及嗎？」

一眾冒險者似乎已經決定前去幫助夢魔，大家紛紛提出自己的看法。

「地城的位置就在王都附近！如果請傳送店的人送大家過去很快就能抵達，或許還來得及！傳送的費用我們會出！然後……」

蘿莉夢魔深吸一口氣，說出關鍵性的發言：

「地城的名字是『欲望迷宮』！是每個男性冒險者都知道的超知名地城！」

4

行經王都的冒險者們紛紛湧向地城。

「快點快點，別讓地城被攻略了！這裡可是充滿男人夢想的地城！」

「可惡，我的夢想是有朝一日和女冒險者一起來這個地城耶！」

「沒有人不想啦！啊啊啊啊，我真不想和這群臭男人一起來，而是想和女孩子兩人一起挑戰這裡！」

「如果有人真心想攻略這座地城，那麼挑戰的冒險者絕對是女的！任何男性冒險者都不會想讓這個地方陷落！」

冒險者們紛紛大吵大鬧，看來這個地城相當有名。

然後……

「話說是什麼風把你吹來了？我還以為你會拋下夢魔不管呢。」

儘管巴尼爾之前拒絕幫忙，現在也跟著我們一起來。

「……嗯，即使動用了吾的力量也無法看清挑戰者的情況，這點讓吾很在意。」

「所以對方有可能是高等級的強大冒險者嗎？好吧，有你跟著一起過來，確實是令人很安心……」

我拋下表情複雜的巴尼爾，對著往前走的冒險者打聽關於這個地城的消息。

「欸，我是順勢跟大家一起來的，這個地城真的那麼受歡迎嗎？」

「咦！真的假的，和真的隊友都是女孩子，居然沒來過這裡嗎？你也聽到夢魔剛才說的話吧？這裡是所有男性冒險者都知道的地方。這座地城充滿了色色的陷阱喔。」

我確實有聽到，不過色色的陷阱是怎麼回事？

像是只會溶解衣服的怪物，或是會湧出魔改造史萊姆的陷阱嗎？

「你好像還不清楚，就讓我來告訴你吧。這座地城有些陷阱房只有男女兩人一起行動時才會啟動。然後如果想逃離那種房間，就必須遵從地城之主給予的色色指示……」

「這座地城絕對不能被人攻下來！」

阿克婭以前曾被扔在地城裡，因此留下心理創傷，所以應該不會跟我一起來。

惠惠也是一樣，由於沒辦法在地城使用爆裂魔法，所以她不喜歡進入地城。

這麼一來，如果要挑戰這座地城，只能和隊裡的情色擔當達克妮絲兩人一起來了。

「身為冒險者，挑戰地城是理所當然的事。我這次要是能夠平安回去，就邀夥伴一起來挑戰看看。」

「嗯，你就試試吧。順帶一提，男性冒險者之間有個不成文的規定，就是不去挑戰頭目房。不過男女組成的隊伍在抵達頭目房之前，通常都已經發展成不錯的關係了，所以大部分的人甚至不會深入地城前往頭目房。」

我沒有讓自己和達克妮絲的關係更近一步的意思，不過如果是攻略地城時遭遇陷阱所致，那也無可奈何。

儘管不清楚地城的主人下達的指示尺度如何，總之這座地城就是會頻繁出現幸運色狼事件的地方。

只要我堅稱不曉得這座地城的規則，即使被告上法庭應該也能勝訴……

「喂、喂，這是怎樣！」

就在這時，跑在前頭的冒險者突然高呼出聲。

好奇發生什麼事，於是從後面探頭一看，發現地城房間的正中央有個大洞。

難道是攻略地城的人在這裡打個洞抄捷徑嗎？

「居然還能這樣攻略地城喔！要在地城打洞，就只有會炸裂魔法……不對，只有會爆炸魔法的冒險者才辦得到！而且消耗的魔力應該也多得嚇人……」

「話說回來，對方是怎麼從這個洞下去的？這個洞看起來很深，但是完全沒看到使用繩子的痕跡。根本不知道下面有沒有怪物，從這裡直接跳下去簡直就是自殺。」

聽到其他冒險者的發言，我猛然產生不祥的預感。

能夠使用爆炸魔法，而且從高處跳下也不會受傷的冒險者。

……我記得普通的物理攻擊對巫妖不起作用。

然後再考量到男性冒險者沒有澈底攻略這座地城的想法，挑戰者很有可能是女性。

「喂，巴尼爾，我覺得……」

「別說出來，小鬼。吾等先走一步，趕緊把那個帶回來。」

「先走？我沒有必要和你一起啊啊啊啊啊啊啊啊啊啊！」

如此說道的巴尼爾完全不等我回答——

「都已經來到這裡了，就陪吾到最後吧！畢竟有汝在場比較容易說服她！」

巴尼爾一把抱住我，便從那個大洞跳了下去——

——不曉得已經往洞裡跳了幾次。

這個地方或許是地城的最底層，地上沒有打洞，腳邊躺著一隻像是被「Drain Touch」吸乾魔力的乾癟怪物。

……就在這時，原先還一片寂靜的地城深處傳來爆炸聲。

我們往聲音傳來的方向跑去，便聽到爭執的聲音。

「請放過我！請放過我！拜託妳，請放過我吧！我在建造這座地城時發生了很多事，已經沒有剩餘的生命了！」

「雖、雖然我也想放過妳，但是我也有我的難處，對不起！」

維茲就在那裡。

維茲以伸出一隻手的架勢，慢慢逼近邊哭邊下跪求饒的夢魔。

在維茲到達之前，這裡應該就是頭目房，然而現在頭目房的入口被炸開，整個門都被炸飛，變成這副慘不忍睹的模樣。

「有女性冒險者來到這裡，就代表已經知曉了這座地城的規則吧？我今天就會關閉地城，還請放過我！」

「那、那個……我不是很清楚妳所說的地城規則……我是因為需要錢，找了一下哪裡有地城，碰巧找到這裡……」

從她們的對話可以得知，維茲應該不是因為聽聞這個地方的名聲才過來的。

「所、所以妳是為了搶奪地城的寶物而來的吧？我明白了，我會把所有財寶都給妳，拜託至少饒我一命吧！」

「說什麼搶奪，太難聽了！我只是來攻略地城而已！」

不妙，再這樣下去的話夢魔大姊姊就要被消滅了。

正當我煩惱著該怎麼說服維茲時，巴尼爾已經站了出來。

「到此為止，強盜店長。汝所說的用身體賺錢，原來是這麼一回事啊。」

「巴、巴尼爾先生！連和真先生也來了？」

「巴尼爾大人——！」

突然現身的巴尼爾讓維茲大吃一驚，夢魔則是雙眼泛淚。

「抱歉了，不過那邊那個也是同胞。如果是在平時，經營地城無論遭遇什麼後果都是自作自受……」

聽到巴尼爾這番難能可貴的話語，使得原先要給夢魔最後一擊的維茲停下動作。

「既然要求汝外出賺錢的是吾，那麼現在這個情況也算是吾造成的。吾再怎麼樣也無法坐視自己的同胞遭汝討伐。」

「可、可是巴尼爾先生，那我挪用店裡的資金怎麼辦？」

巴尼爾對著困惑的維茲露出苦笑。

「吾已經想辦法籌集資金了。比起那個，吾不願見到自己人互相殘殺。好了，店長，一起回店裡吧。」

「真、真的可以嗎？巴尼爾先生？能回店裡我確實是很開心……」

儘管維茲回答得戰戰兢兢，還是邁出腳步追上轉身走向地面的巴尼爾。

「話說你剛才是不是說我們是自己人？也就是說不只是那位夢魔小姐，你覺得我也是自己人對不對？平常那麼冷淡的巴尼爾先生居然會說這種話，真是傲嬌呢！」

「嗯，妳果然還是五年後再回來。」

「我、我是開玩笑的啦，巴尼爾先生！你也是在開玩笑對不對？我、我可以回去店裡對不對！」

維茲慌慌張張追趕巴尼爾離去的背影，同時不安地追問——

5

翌日午後。

昨晚被我們拯救的夢魔姊姊表示想對前去救援的巴尼爾以及冒險者們致謝，因此我們一行人在王都的高級餐廳接受熱烈款待。

維茲也因為這是久違的正餐，幸福地大吃一頓。

多虧於此，我們才會在這種時間回到阿克塞爾──

「歡迎歡迎！來吧，魔道具先搶先贏！每個家裡都應該有一具的殺蟲人偶！有了這個以後，恐怖大王就不再恐怖了！現在只要五萬艾莉絲，超級優惠喔！」

回到鎮上的我們來到店裡，不知為何阿克婭正在擅自販賣商品。

巴尼爾本該上前喝斥她在別人的店裡做什麼……

「這到底是怎麼回事？店裡……維茲研發的新商品居然賣得這麼好！」

巴尼爾的聲音在顫抖，似乎不敢相信自己眼前的情景，維茲則是在大感訝異的同時自豪地挺起胸膛。

「怎麼樣，巴尼爾先生？我不是再三強調過會大賣了嗎！你看看，看看客人的表情，大家看起來都很開心……！」

就在滿臉笑容的維茲面前，最後一具女僕人偶也賣出去了。

聽到維茲自信滿滿的話語，巴尼爾面露苦笑回應：

「這就是所謂令人開心的失算嗎？汝的實力太強，憑吾的力量也無法預測汝的行動與未來。真沒想到那種破爛居然會賣得這麼好……」

「請、請不要說它們是破爛！它們是既可愛又實用的人偶！」

儘管維茲如此反駁巴尼爾，但是深知人偶缺點的我無論如何都無法理解狀況。

「不對，為什麼大家都想要有自爆功能的人偶？光憑清潔功能這個優點，似乎也沒辦法解釋為什麼能賣得這麼好。」

當我說出自己心中的疑問，賣完人偶的阿克婭一臉滿足地靠過來。

「喔，你問那個呀。據說是恐怖大王最近在城鎮下水道裡大量繁殖，可是恐怖大王那麼恐怖，好像沒有人願意接任務。所以城裡的大家就來買這些人偶，想把它們安置在家裡和下水道相連的地方……」

「請等一下，這種使用方式和我想像的不一樣！那只是清掃人偶，不是那麼用的！」

「哼哈哈哈哈！噗哈哈哈哈！吾就知道會是這樣，呼哈哈哈哈哈！」

所謂的恐怖大王，簡單來說就是異世界蟑螂。

「不過汝這次做得很好，維茲，汝的主食從今天起就是夾心麵包了！」

「真的嗎？巴尼爾先生，我終於可以不用再吃馬鈴薯還有蘿蔔苗沙拉了嗎？」

那些恐怖大王的可怕之處，就在於即使有人只消滅了一隻，同伴也會記住對方的長相，並在當天夜裡集體反擊出手的人。

所以既然消滅恐怖大王的是自爆人偶，牠們就不會反擊了。
「殺蟲人偶全部賣光了，真是太好了呢，維茲。至於我替妳打工的報酬，一具人偶給我一萬艾莉絲就行了。」
「說什麼傻話，貪婪的女人。打工的報酬算每具殺蟲人偶五百艾莉絲。」
「請你們兩個不要再叫它殺蟲人偶了！」
——就在這個時候。
玄關大門被人猛力推開，一名眼熟的金髮小混混衝了進來。
「巴尼爾老闆啊啊啊啊啊啊！你太過分了，我怎麼沒有聽說你有賣店長的周邊商品！我和大家賺錢回來以後，其他冒險者都在對我炫耀！我和老闆的交情這麼好，要是還有剩的話就分我一點吧！」
達斯特充滿欲望的發言讓店裡的氛圍瞬間變冷。
衝進來的達斯特似乎這時才注意到維茲也在場。
「……店長，聽說妳為了賺回私自挪用的錢外出旅行，原來妳回來了啊。」
「嗯，剛回來不久。那麼達斯特先生，請你詳細說明一下。我的周邊商品是什麼？」
就在我想著要如何搪塞過去之前，那個完全不會看氣氛的傢伙開口：
「我每天都跑去喝酒，所以不太清楚細節，不過那個面具惡魔之前好像在賣維茲的色色周邊商品喔！維茲真的很受大家歡迎呢。聽說大賣特賣喔！」

6

阿克塞爾城鎮附近的山丘瀰漫詭異的氛圍。

原先是巴尼爾的土塊在維茲身旁結凍，對峙中的兩人之間充斥著一觸即發的氣氛。

「我要出手了，巴尼爾先生！別以為我和過去還是人類的時候一樣！」

「哼哈哈哈哈哈哈！吾當時真的嘲笑了汝好一陣子，就讓吾見識一下汝成長多少吧！不過嘛，吾認為汝是撐不了多久的！」

當維茲開始高聲詠唱魔法時，巴尼爾立刻擺出發射殺人光線的架勢。

「『巴尼爾式殺人光線』！」

「『Create Earth Wall』！」

巴尼爾發射的光線被維茲創造的土牆擋住了。

當土牆完全圍繞維茲身邊時，從中又傳來詠唱新咒語的聲音。

「『Cursed Necromancy』！」

此時的維茲仍在土牆的保護下，離她不遠處的土地隆起，出現某個巨大的身影。
我們在阿克塞爾城鎮近郊已經打到煩的怪物——巨型蟾蜍變成不死族之後現身。
「汝打算躲在土牆後面指揮不死族攻擊嗎？哼，只想靠區區的蟾蜍殭屍對付吾，還真是瞧不起吾……」
「『Cursed Necromancy』！」
巴尼爾的話還沒有說完，維茲再次詠唱魔法。
第二隻不死族蟾蜍隨之誕生，在它還沒有起身以前，第一隻蟾蜍便襲向巴尼爾。
「慢、慢著，接下來是吾的回合吧！汝打算靠數量應戰嗎！」
「『Cursed Necromancy』！」
就在第二、三隻蟾蜍湧現之際，最先召喚出來的蟾蜍朝著巴尼爾飛撲而去——！
「『Turn Undead』——！」
「唔啊啊啊啊啊啊啊啊！」
蟾蜍的攻擊還沒命中巴尼爾，就被阿克婭消滅了。
「Turn Undead」也波及到另外兩隻蟾蜍，土牆裡傳出維茲的慘叫聲，看來魔法的效果也對她造成了影響。
「禁止在我面前召喚不死族怪物。維茲懲罰一次。」

「好、好的……」

土牆裡傳來彷彿快要消失的回覆。

「哼哈哈哈哈哈哈哈，接下來輪到吾出手了！絲毫沒有智慧的下級惡魔啊，聽從吾的召喚現身吧！」

「『Sacred Exorcism』——！」

巴尼爾一將雙手擺在地上，阿克婭便施放驅魔魔法。

他的身體連同從地面湧現的下級惡魔一同崩塌，只有巴尼爾的面具留在原地。

掉落在地的面具下方，翻騰湧現出一具以土壤構成的身體。

「汝從剛才開始到底在搞什麼？不懂看氣氛的礙事女！」

「才不會眼睜睜看著你在我面前召喚惡魔。你也懲罰一次。」

就在這時，土牆裡響起一道聲音，完全不顧巴尼爾遭到阿克婭的妨礙而受到損傷。

「『Lightning Strike』！」

「唔！」

晴朗無雲的天空突然劈下落雷，直接命中巴尼爾。

「『Create Earth Golem』！」

遮掩維茲的土牆逐漸轉化成人的形狀，不久之後就變成高約三公尺的魔像。

至於土牆消失之後現身的維茲，可能是因為受到阿克婭妨礙，現在看起來有點透明。

「……儘管是偷襲，不過汝居然能打掉吾一命，確實很了不起。」

「呵呵呵，巫妖只要稍微拿出真本領就是這麼厲害喔，巴尼爾先生。來吧，決鬥現在才正式開始！」

如此高聲宣言的維茲又開始詠唱魔法，巴尼爾也擺出發射殺人光線的架勢。

魔像隨著他的動作邁步向前，彷彿是要避免光線擊中維茲。

「又用這種麻煩的戰術！好！就讓汝見識一下，長久存在的大惡魔部分力量！」

「趁這次機會一決高下，看巫妖和惡魔誰比較厲害吧！『Cursed Lightning』——！」

7

在地形已經澈底改變的山丘上，兩人的戰鬥持續了很長的時間。

儘管維茲一開始利用魔像當成盾牌，同時使用各種魔法壓制巴尼爾，但隨著她的魔力逐漸耗盡，戰況也為之轉變。

維茲試圖透過近身戰以「Drain Touch」奪取巴尼爾的魔力，但是巴尼爾澈底保持兩人間的距離，並以殺人光線射擊維茲。

魔像已經被巴尼爾式破壞光線解決，維茲的身影也變成半透明。

「啊啊啊啊啊啊啊！我、我不會輸！今天絕對不會輸給巴尼爾先生——！」

「哼哈哈哈哈哈哈，汝差不多該接受失敗了吧，喪家犬店長！汝今天表現得很好，這點確實值得讚賞！認輸吧，再繼續戰鬥下去汝也沒有勝算。快回到店裡去，繼續生產那種殺蟲人偶！」

這場戰鬥如今已經完全變成追逐戲，然而維茲儘管滿身瘡痍，眼神依然沒有放棄。

相較之下，巴尼爾雖然少了幾命，仍然面露行有餘力的笑容。

就在此時，一直拚命追逐巴尼爾的維茲停下腳步。

面帶做好某種心理準備的表情，對巴尼爾輕聲說道：

「巴尼爾先生果然很強。憑現在的我完全沒有勝算。」

「喔，汝終於肯認輸了嗎？不過汝確實很了不起。雖然今天是吾的勝利，不過要是幾百年後再交手，結果可就不一定了。」

巴尼爾聞言也跟著停下腳步，罕見地讚美了維茲。

然而維茲搖搖頭，從口袋裡拿出某個東西。

「不，這場勝負還沒有結束。我本來想靠自己的力量與你交手，然而現在不是我逞強的

時候了。」

原先占據優勢的巴尼爾頓時僵在原地。

我心想巴尼爾怎麼突然會有這種反應，發現他的目光直直盯著維茲拿在手中的東西。

維茲手裡的東西是瑪納礦石。

也就是大受魔法師歡迎，可以用來取代魔力的消耗道具——

「這麼一來，我就真的可以拿出真本事了，巴尼爾先生！『Cursed Lightning』！」

維茲緊握瑪納礦石，釋放黑色的閃電。

巴尼爾用僵硬的動作閃避，以藏不住動搖的聲音說道：

「冷、冷靜一點，維茲，吾等談談吧。那是吾上個月採買的高品質瑪納礦石嗎？吾應該將它鎖在倉庫裡了，汝怎麼能拿到手？」

「魔法師能使用『Unlock』這種開鎖魔法，所以鎖對我來說沒有任何意義喔。話說回來，原來這個是巴尼爾先生採買的啊。那我就心懷感激好好使用了！」

巴尼爾突然放聲怒斥不知為何顯得很開心的維茲。

「那個東西不是給汝用的！最近與魔王軍的戰事有加劇的跡象，吾是料想瑪納礦石的價格將會上漲才買的！」

「就、就算你這麼說，我既然找到就要用！不然就贏不了巴尼爾先生……」

巴尼爾見到買來坐等漲價的瑪納礦石遭到維茲恣意使用，罕見地焦慮起來。

「好，吾明白了，這次就算是平手吧。人類不是有句話是這麼說的嗎？爭鬥沒有什麼好下場，復仇同樣也是。」

「事到如今你說這種話也沒用！我現在很生氣！而且要是不趁現在了結這件事，感覺以後又會賣些什麼奇怪的東西……『Cursed Crystal Prison』！」

維茲一面出言反駁，一面繼續使用瑪納礦石施放魔法。

儘管魔法本身無法對巴尼爾造成多大的威脅，但是每當維茲施放一次魔法，巴尼爾的臉色就會難看一分。

「和真先生和真先生，那個怪異惡魔的身體明明是用土做的，臉色居然也會變呀。今天真是看了一場好戲。」

「是啊，他一定非常焦急吧。巴尼爾平常總是一副悠然自得的模樣，這個樣子還真少見。真想看看他被逼得更焦躁的樣子。」

「旁邊看熱鬧的別再說閒話了，快阻止這個散財店長！」

雖然巴尼爾拚命大喊，然而維茲就像是在回應他一般接連施放魔法。

「瑪納礦石果然很方便呢。要是以後有機會的話再多買一些起來吧。不過巴尼爾先生可要稱讚我喔，我可沒有拿之前大量購買的最高品質瑪納礦石來用。『Inferno』！」

「瑪納礦石的市價波動很大，外行人隨便出手太危險了，所以汝別亂嘗試！還有汝別再買最高品質的瑪納礦石了！」

巴尼爾放聲大喊。以前維茲買進最高品質的瑪納礦石時，將從我這裡騙走的資金用個精光，因此帶給了巴尼爾心理創傷。

這句話可能成為關鍵性的一擊，巴尼爾遭到灼熱的火焰焚燒，同時舉起雙手表示：

「吾認輸了！再繼續爭鬥也沒有意義。吾為販售性感店長周邊一事道歉。所以——」

「『Lightning Strike』！請不要擅自認輸。我很清楚你還有餘力！就算你把勝利讓給我，我的心裡也不會暢快！『Create Earth Golem』！」

就在雷擊命中巴尼爾之時，大地塵土飛揚，一具新的魔像誕生了。

巴尼爾一邊重生被落雷擊碎的身軀，終於氣炸了。

「這個頑固的任性店長，吾都說是汝贏了，汝還想怎麼樣！夠了，與其讓汝繼續使用瑪納礦石，不如直接用實力制服汝！」

「什、什麼啦！事到如今威脅我也沒有用！而且天快黑了，晚上可是屬於巫妖的時間！『Light of Saber』——！」

「愚蠢之徒，夜晚同樣是惡魔力量高漲的時間！所以即使拖成持久戰也沒意義，吾要趕緊解決汝！」

維茲創造出光輝燦爛的劍，與魔像一起向巴尼爾發起攻擊。

「和真先生和真先生，原來巫妖和惡魔的習性與尼特相同呀。我突然對他們產生一些親近感了。」

「妳最好不要在他們面前說這種話，我覺得他們會很討厭。」

在維茲揮劍砍下巴尼爾的一條手臂時，他舉起剩下的另一隻手。

「『巴尼爾式殺人光線』！」

「『Cursed Crystal Prison』！」

雖然維茲被致命的光線擊中，不知為何看起來樂在其中的樣子。

「巴尼爾先生！像這樣互相用魔法攻擊，讓我想起我們以前在地城深處認真對決時的事情呢！」

此時被冰塊封印的巴尼爾身體整個炸開了。

他似乎是引爆自己的身體，試圖藉此從冰塊裡逃脫。

巴尼爾在身體即將澈底崩塌之際，拿起面具扔到地上。

而在身體不斷翻湧重生之際，巴尼爾以厭煩的語氣開口……

「那時的汝分明既英勇又可愛，怎麼會變成這種廢柴巫妖！這就是誤入歧途嗎……」

「請、請不要說我誤入歧途！我從來沒有後悔成為巫妖！」

維茲一邊出聲反駁，一邊從口袋裡拿出大量瑪納礦石。

見到礦石的數量，巴尼爾嘴角抽搐。

「店、店長……汝知道汝雙手握著的那些瑪納礦石究竟值多少錢嗎？」

維茲聽到巴尼爾以顫抖的聲音低聲呢喃，臉上露出愉悅的笑容。

「我不知道！雖然不知道值多少錢……但是我知道要是我把這些全部用光，一定會感到非常舒暢！」

「唔啊啊啊啊啊啊啊啊啊啊啊啊啊啊啊啊啊啊啊啊啊啊啊啊啊啊啊啊啊啊！」

——就這樣，大惡魔與巫妖的對決一直持續到維茲用盡所有瑪納礦石為止，巴尼爾在心中發誓永遠不再販賣維茲的周邊商品……

——由於瑪納礦石造成的赤字超出殺蟲人偶的利潤，維茲的主食變成了豆芽菜。

異世界荒謬日常錄

【○月×日。雨】

我望著窗外的傾盆大雨喃喃自語。

「我討厭這個世界。」

現在的時間已經過了中午。

我剛吃完午餐，本來打算出門逛逛……

「你突然說些什麼啊。你沒看天氣預報嗎？」

阿克婭對望著窗外的我如此說道，她的語氣聽起來相當訝異。

這個世界也有天氣預報這種東西。

每天早上送來的報紙，都會刊載報社專屬占卜師的預報。

「我看了天氣預報。可是還以為那應該是寫錯了。因為……」

伸手指著在家中院子裡活蹦亂跳的魚。

「要小心突如其來的暴雨和魚。如果沒有必要儘量避免外出，要是真的得出門，必須準備保護頭部的裝備……小心魚是什麼意思？到底該注意什麼啊。」

「就是即使見到高級魚從天而降也不要急著去抓，在雨停以前儘量待在家裡的意思。夏季大精靈和風暴大精靈在這個季節會變得很活躍並發生爭執，所以很容易形成戰場降雨帶。累積在空中的積雨雲會降下大雨，所以在炎熱的夏天渴望水分的魚也會因此從四面八方聚集過來喔。」

「我聽不太懂妳在說什麼。」

我也無法理解發生在眼前的景象。

儘管認為這個世界各方面都很奇怪，但無論如何都無法適應這種荒謬的自然現象。

「等到這場大雨停了，魚會變得非常便宜喔。今晚就吃生魚片和烤魚吧。」

「真的假的？要吃從天上掉下來的魚嗎？」

……就在我因為這個荒謬的世界連連抱怨時。

「阿克婭，和真，我們回來了！我想洗澡，用魔法替我放水！」

「啊！有石斑魚躲在我的帽子裡跟回來了！達克妮絲，進入浴室之前檢查一下衣服，可能會有高級魚鑽進去喔！」

一早就出門進行每日鍛鍊的惠惠渾身濕透，被達克妮絲揹了回來。

而且喜孜孜地抓住從帽子裡逃出來的魚。

「原本還很期待用魚體驗一下黏答答的玩法，可是不知為何沒有任何東西鑽進我的盔甲縫隙。難道應該穿著跟惠惠一樣輕便的服裝嗎……」

「請不要為了這種理由降低防禦力。別談這個了，今晚有大餐吃嘍。等一下去庭院抓活跳跳的魚吧！」

兩人一回來就吵吵鬧鬧，她們都是這個世界的居民，似乎很習慣魚從天而降的日常。

似乎還有其他日本人轉生到這個世界並在此生活，雖然平常不會想和他們見面，但是現在好想找他們抱怨一番。

「啊！和真快看，那裡有鰻魚！」

……就在這時，剛才還要我注意天氣的阿克婭，逕自衝進尚未停歇的雨中。

畢竟是水之女神，應該是因為雨水而興奮躁動吧。

阿克婭絲毫不在意有如瀑布傾瀉而下的豪雨，愉快地逮住在庭院裡亂跳的鰻魚。

「和真，我還抓到真鯛和比目魚喔！暫時不用擔心沒魚吃了！」

「抓到魚是很好沒錯，不過要小心掉下來的魚……啊！」

我在窗戶另一頭提醒阿克婭，一條鰤魚便很不湊巧地砸在她的頭上。

而且在阿克婭當場蹲下捂著被魚打到的地方時，又有大目鮪魚落在她的頭上。

我拿起雨傘衝進庭院，把受到接連攻擊，跟鮪魚一樣倒在地上的阿克婭救回屋裡——

【○月△日。陰】

「為非作歹的貴族千金拉拉蒂娜！我要在此控訴妳的罪行！」

在派對會場的正中央，突然有人出言控訴達克妮絲。

控訴達克妮絲的人是名擁有端正面孔和淡金色頭髮，看起來很受歡迎的貴族青年。

會場頓時陷入一片寂靜。

「請妳今後立刻停止欺壓多爾托林男爵家的千金緹雅！還有……我在此宣布，解除與妳之間的婚約！請妳放棄我吧！我們的婚約是父母擅自訂下來的，今天初次見到妳，我再次確認自己的心意。我不喜歡妳！我喜歡的是像緹雅那樣惹人憐愛的女孩子！」

會場才因為那個人的控訴而陷入寂靜，接著達克妮絲就突然被甩了。

至於被甩的當事人——

「…………………」

「唔……！住、住手……！不要一言不發掐人脖子……要、要死了……」

「達斯堤尼斯大人，請到此為止！」

「我知道您很生氣，不過還不清楚事情的全貌！先聽他說明清楚吧！」

不發一語的達克妮絲正掐著帥氣發表宣言的年輕貴族脖子。

……話說回來。

「達克妮絲，妳……什麼時候有了這樣的對象啊！明明已經有我這個男人，快點給我解釋清楚！」

「就是說呀，怎麼可以瞞著這麼有趣的事不告訴我們！」

「你們別鬧了，達克妮絲才剛被拋棄，這種情況應該安慰她才對吧。」

「你們只會把事情搞得更複雜，給我安靜點！我自己也不明白！」

這裡是某個貴族家的派對會場。

由於前幾天從天而降大量高級魚，貴族們紛紛舉辦美食派對。

達克妮絲受邀參加派對而外出，閒得發慌的我們則尾隨她來到派對會場。

之後阿克婭開始耍任性，我進行性騷擾，惠惠出言威脅，最終在老實不鬧事的條件下獲准參加派對……

「咳、咳咳……！多、多麼粗暴的女人。緹雅說的話果然是對的！」

被掐脖子的男人含著淚水站起身來，一個人似乎理解了什麼。

雖然我覺得這時應該加以調解，但是情況似乎變得有趣起來，我想再多觀望一下。

接著那個男人伸手指向達克妮絲。

「容我再說一次！我找到了我的真愛！所以我要和妳欽噗！」

「達斯堤尼斯大人！」

「達斯堤尼斯大人，我能理解您的感受，但還是聽他說完吧！」

這名纏上達克妮絲的男人又一次被她沉默痛揍，帶著淚水倒在地毯上。

「不是，你未經許可擅自向爵位更高的人搭話，還有你的語氣是怎麼回事？對著初次見面的人表達自己的厭惡之意也太失禮了吧？解除婚約，還有要我放棄你又是怎麼回事？我的疑問還有很多……」

揮拳揍人的達克妮絲以困惑的神情愈說愈激動，最後又補了一句。

「話說回來，你到底是誰啊？」

「妳、妳不知道我是誰？騙人，別想用那種話含糊帶過！就算妳爵位比我高……！……爵位比我高？咦？妳說爵位比我高？」

這個男人的舉止不知為何變得慌張，話說到一半眼神就四處飄移。

一名貴族靠近達克妮絲，並且在她耳邊低聲說了些什麼。

「……賓茲伯爵家的長子拜斯？就算聽到名字也完全沒有印象……」

「早已證據確鑿了！事到如今再裝傻也沒用，拉拉蒂娜痛！」

那個名叫拜斯的男人話說到一半就被拉扯臉頰，被迫閉嘴。

看來達克妮絲真的很不喜歡在大家面前，被人稱呼拉拉蒂娜這個名字。

就在這時，之前在一旁觀望的某位貴族對拜斯開口：

「拜斯閣下，你是不是認錯人了？這位是達斯堤尼斯公爵家的千金，達斯堤尼斯・福特・拉拉蒂娜大人。」

「咦?」

聞言的拜斯瞬間僵在原地,然後慌張地環視四周,最後將視線轉向達克妮絲。

「妳不是萊拉克子爵之女,萊拉克・洛多・拉拉蒂娜嗎……」

見到周圍的貴族搖頭之後,拜斯頓時臉色發青。

達克妮絲伸手指向拜斯。

「好,處決這傢伙吧。」

「是我認錯人了!實在萬分抱歉!請饒了我吧!」

之後拜斯對達克妮絲深深致歉,而他的所作所為被貴族們視為有趣的戲碼,最終免於遭到處刑的下場。

隨後拜斯開始講述引發這場騷動的緣由——

【〇月□日。雨】

「和真先生和真先生,我不是在之前那場大雨裡抓到鰻魚嗎?我覺得牠有點奇怪。我原本想做成蒲燒鰻魚的,可是這真的是鰻魚嗎?」

阿克婭一邊望著擺放在廚房裡的水瓶一邊說道。

今天原來輪到阿克婭做飯，不過最近我們抓到了很多高級魚，所以擁有料理技能的我主動承擔烹飪的工作。

「我不熟悉這個世界，不要問我這種問題。反正依照這個世界的常識，世上肯定有大型鰻魚或是巨無霸鰻魚吧？鰻魚只要用蒲燒的方式料理都很好吃啦……」

我和阿克婭一起望向水瓶，只見一條有鱗片的蛇在裡面悠游。

「……這該不會是海蛇或是鱒魚吧？至少不是鰻魚吧？」

「我也不清楚啦。我抓到牠的時候以為是鰻魚就開心得不得了。欸，這可以蒲燒嗎？是不是該先煮飯啊？」

真的假的，這傢伙打算吃這條來歷不明的蛇嗎？

「不好吧，我雖然不熟悉海蛇，不過蛇類怪物不是可能會有毒嗎？我覺得還是把牠丟掉比較好。」

「鰻魚的血也有毒，所以我覺得不至於不能吃。而且我今天真的好想吃蒲燒，實在忍不住了。」

既然她都說到這個地步了，做好之後先讓她試毒吧。

正當我要把手伸進水瓶裡時。

「啾！」

「好痛！咦，這是怎樣？痛死人啦————！」

就在我快要抓住牠的時候，蛇從嘴中噴出水來，那道水柱似乎蘊藏強大的壓力，將我伸出的手打到一旁。

「剛剛那是水之吐息吧。看樣子不是鰻魚。」

「看也知道吧！你看，我的手都冒血了！喂，阿克婭，快幫我治療！」

遭到意想不到的反擊，便讓阿克婭替我治療傷勢。

這時，見到這個情況的蛇從水瓶探出頭來，朝著阿克婭湊近。

「怎麼，你想跟我打一場嗎？雖然不知道你到底是水蛇還是海蛇，但是你覺得自己能打贏我這個水之女神……這是怎麼回事？牠該不會喜歡我吧？」

可能是由於彼此都是水屬性，有著天然的親近感吧，那條蛇將頭靠向阿克婭的指尖，像是要她撫摸自己一樣。

「是被我這個水之女神滿溢的水氣場吸引了吧。看樣子挺有前途的嘛。」

「這些傢伙是為了躲避夏天的暑氣，才會追著大雨跑來這裡吧？所以我覺得妳在牠眼裡應該像是公園的水龍頭吧。」

「別把我這個女神跟那種東西混為一談。不過這就傷腦筋了，牠這麼親近我的話，實在不忍心把牠做成午餐。」

妳還沒放棄吃這傢伙的念頭嗎？

【〇月◇日。陰】

「於是，大魔法師塞托引發的大爆炸將佩佩隆山炸出一個巨大的火山口，後人在那個火山口的遺址建立了火山口都市佩佩隆。」

惠惠在達克妮絲某名遠親貴族的宅邸裡，為故事做個收尾。

以認真的神情聽講的女孩子舉手發問：

「惠惠老師，為什麼他們要在那種地方建立城市呢？佩佩隆山難道不會再次爆發嗎？」

女孩子的名字是莉莉安蒂奴。

她是聰明到不像達克妮絲親戚的少女，在惠惠的教學下，她的學識顯而易見地提升。

她先前便耳聞紅魔族非常聰明，透過達克妮絲的家族委託惠惠擔當她的家庭教師。

儘管我和達克妮絲都曾極力勸說，但是莉莉安蒂奴小姐不知為何非常中意惠惠，於是課程就這麼開始。

「這是個好問題。首先，說到為什麼要在那裡建立城市，其中一個原因是建城當初沒有錢蓋城牆。建城者在火山口中心建立城市，將周圍隆起的部分當成天然城牆。其次，佩佩隆山底下有地下水脈，水資源豐富同樣是很重要的因素。然後是妳所擔心的火山噴發問題，居住在佩佩隆山上的炎之大精靈似乎被高純度的瑪納礦石所吸引，移居到其他山上去了。所以佩佩隆山今後應該不會再噴發了。」

「原來如此……我明白了，謝謝您，惠惠老師！」

真的假的，瑪納礦石可以用來吸引精靈嗎？

儘管我和達克妮絲是以監護人的身分陪同惠惠過來，不過這個世界的課程挺有趣的。

——就在這時，惠惠突然朝我們看了過來。

「接下來，我要對這邊的兩人提問。第二次毀滅者摧毀行動當時，儘管沒有成功摧毀毀滅者，但是那場行動本身卻被認為是成功的。你們知道是為什麼嗎？」

「「唔！」」

我和達克妮絲只不過是旁聽的，不知為何突然對我們提出問題。

我們明明是來監視惠惠，讓她別做出失禮的言行，為什麼會被她當成學生對待啊。

還有第二次毀滅者摧毀行動又是什麼？我這個日本人怎麼可能知道。

「我不熟悉歷史，所以麻煩貴族千金達克妮絲小姐回答。」

「咦咦！其、其實我也不太擅長歷史……」

見到我們答不出來後，惠惠以手中的教鞭指向我們。

「真是的，你們兩個連這麼簡單的問題都回答不出來嗎！第二次毀滅者摧毀行動！這是所有毀滅者愛好者都知道的常識喔。你們聽好了，首先機動要塞毀滅者有很多條腿。因此會把經過的土地都會翻個遍……」

我們根本沒問，惠惠就逕自開始講解起破壞者的事，我在這時悄悄對達克妮絲耳語。

（喂，達克妮絲，那傢伙被稱為老師後開始有點得意忘形。是不是該教訓她一下？）

（等等，和真，世上喜歡破壞者的人其實不少，我們可能才是缺乏常識的一方，現在還是再觀察一下吧。）

「沒錯，原因就是那些遭到破壞者蹂躪的怪物們！牠們的屍體被埋進土裡，進而產生許多肥沃的土地。如此一來，當時的第二次破壞者摧毀行動的迎戰地點，變成一大片盛產糧食的地方……」

就在我們悄悄耳語時，惠惠似乎愈教愈亢奮，開始大幅揮舞手中的教鞭——

【○月▽日。雨】

達克妮絲單手拿著紅茶，同時悠閒看著報紙，我和阿克婭則擅自吃起擺放在她面前的茶點，一同享受寧靜的午後。

待在廚房窺伺水瓶的惠惠突然開口：

「阿克婭，謬謬到底吃什麼呀？如果牠是海蛇的話，應該要吃魚吧？」

「妳說的謬謬是誰呀，不要隨便替我的眷屬取奇怪的名字。那孩子的名字叫梅爾維雷。海龍王梅爾維雷。雖然看起來只是條弱小的海蛇，但我這個水之女神已經隨手賜予牠海龍王的稱號了。」

謬謬，也就是梅爾維雷，似乎對阿克婭賞賜的誇張稱號非常滿意。

悠游在水瓶裡的小蛇，或許是為了一出剛才差點被取怪名字的怨氣，噗滋一聲對凝視自己的惠惠噴了一道小小的水之吐息。

「啊！做什麼啊！想打架嗎？就算只是條小蛇，我也不會手下留情喔！」

「惠惠別鬧了，別欺負我家的孩子。等到長大之後，我會讓牠從海上襲擊魔王城。牠可是我的眷屬海龍王，肯定能成長到一記水之吐息就炸飛整座城堡。我雪亮的鑑定眼絕對不會看錯的。」

阿克婭如此斷言。然而打從剛才就在庭院裡四處追著蚯蚓啄的小雞，也曾經被她鑑定為一條龍。

妳之前抓到梅爾維雷的時候，不是還說是鰻魚嗎？

「海龍王還真是大言不慚呢。在成長起來以之前，很有可能變成吾那漆黑的使魔點仔的食物……啊，好痛！」

惠惠這番話似乎惹怒了梅爾維雷，於是噴出比剛才更強烈的水柱擊中惠惠的額頭。

「梅爾維雷竟敢動手！我就趕在你被點仔吃掉之前，先把你做成蒲燒蛇肉！」

——激動的惠惠和毫不退讓的梅雷維爾展開對峙，至於打從剛才就一直在看報紙的達克妮絲則注視著這一幕，好像有什麼話想說。

……達克妮絲手拿看到一半的報紙，不停來回比對報紙與梅雷維爾，甚至冒出冷汗。

我看著顯露如此反應的達克妮絲，默默抽走她手中的報紙。

「啊！你做什麼啦！」

我以一副理所當然的態度對達克妮絲說道：

「吵死了——誰叫妳的舉動只讓我產生不好的預感！雖然我不知道報紙上寫了什麼，但是我不會看，而是直接扔掉。我們什麼都不知道，也什麼都沒看到。」

「你、你……！不行，等等，如果是我看錯就算了，可是這份早報上面寫著無法忽視的重大唔唔！」

我把茶點塞進達克妮絲的嘴裡，不讓她把話說完。

「別再說了，世界上有些事情不知道反而才是幸福的。比如說眾所皆知的稀有金屬亞達曼礦石，其實是亞達曼蝸牛的糞便。」

口中塞著茶點的達克妮絲莫名臉紅，等到吃下嘴中的食物之後才開口：

「……亞達曼礦石，那個……真的是蝸牛的排泄物嗎？我的鎧甲就是使用亞達曼礦石製

作的……」

「是真的。」

教我鍛造技能的老爺爺就是這麼說的，絕對沒錯。

在達克妮絲以彷彿重要的事物遭到玷汙一般陷入消沉時。

「就是這樣，梅爾維雷只是條普通的海蛇。今晚就把那傢伙蒲燒。沒意見吧？」

「……我明白了，雖然不太好，但是就這樣吧。有些事情確實不知道會更幸福……話說回來，你可以像剛才那樣再次把點心突然塞進我嘴裡嗎？」

我也覺得不知道妳這種人是貴族千金的話會比較幸福。

【〇月□日。雨】

昨晚強烈抗拒將梅爾維雷加以蒲燒的阿克婭說道：

「我們來養殖蔥鴨吧。」

一大早就出門不知道去了哪裡的阿克婭，回來之後突然說出這番話。

「……妳是怎麼了？聽起來就像養殖蝦子一樣可疑。妳到底是受到什麼影響？」

「別把我的提議和那種事混為一談。那可是蔥鴨喔。我想養殖不管打倒還是吃掉都能獲得很多經驗值的蔥鴨。我們可以把蔥鴨高價賣給貴族，這樣肯定會發大財！」

我明白她的意思，但是養殖生物這種事情要是沒有足夠的知識，根本就做不來。

「這不是外行人隨隨便便就能做出成果的吧。那種沒基礎就入行的人，通常都會養到死掉，最後損失慘重喔。」

把養殖業說得好像賭博，是因為養育生物是件非常精細的事。

特別是這個能把各種液體都變成水的人，我真心不認為她能好好養殖。

「和真好傻，你以為我是誰？要是蔥鴨開始虛弱，我就直接把牠們治好，萬一牠們死掉也可以復活。」

「我記得復活術是大祭司所能使用的最高級魔法吧，妳居然想把這種魔法運用在養殖業上嗎？」

老實說，我覺得她乾脆開一家專門復活的店會比較賺。

——就在這時，一直聽著我們對話的達克妮絲開口：

「如果蔥鴨養殖成功確實能賺大錢，不過聽說要從事養殖業初期需要很多經費。妳打算怎麼籌備那筆錢？」

「關於這點我有個想法。蔥鴨喜歡水域，所以我計畫的養殖地點就是阿克塞爾的儲水池。然後只要連要養殖的蔥鴨也在那附近抓捕，就不需要花錢了。」

所以她的計畫是恣意在城鎮的儲水池蓄養野生生物嗎？

那樣絕對會引起民怨，而且蔥鴨難道就不會逃跑嗎？她的計畫處處都讓我想吐槽，不過看來她是認真在考慮這件事。

「是喔，那妳加油。萬一成功了記得請我喝昂貴的酒。」

「你在說什麼傻話，和真當然也要一起幹啊。」

為什麼啦。

「妳隨便使用公共的儲水池肯定會惹人生氣，還有蔥鴨也不是那麼容易就能抓到吧。蔥鴨這種怪物有群聚生活的地方嗎？」

「只要達克妮絲幫忙的話，儲水池總會有辦法的。至於蔥鴨，就只能賭賭看和真先生的運氣了。我先為和真先生施放『Blessing』再放在附近的話，到時候應該就能吸引蔥鴨靠過來吧。」

別把人當成吸引怪物的餌。

「不、不好吧，要我動用家族的權力，我也很傷腦筋……別選儲水池，去離城市遠一點的湖泊怎麼樣？那種地方是無主之地，所以應該愛怎麼用都可以。」

「我本來覺得城市附近會比較好，既然妳這麼說就沒辦法了。那麼和真先生，找蔥鴨的事就拜託你嘍。」

「要是我真的找到蔥鴨，一定會當場把牠變成經驗值。」

……經過一番交涉，我每抓到一隻蔥鴨，就能從阿克婭手中得到一件她的珍藏。

這傢伙這麼愛喝酒，能被她視為珍藏的一定是相當高級的酒，真令人期待能夠得到多好的酒——

【○月×日。陰】

「以上，如此一來魔力等價交換法則就成立了。據說這個法則是由天才魔法學者飄飄所發現的。」

「魔力等價交換……由飄飄所發現……我記住了！」

今天是例行的授課日。

儘管我和達克妮絲是特地來監督惠惠上課，但是她到目前為止的課程都還算正常。

看來再過不了多久就不需要再監督……

「老師，那麼是不是差不多……！」

「說得也是。那麼，接下來就開始上莉莉安蒂奴最喜歡的歷史課吧。」

莉莉安蒂奴聽到惠惠這番話，啪啪啪鼓起掌來。

惠惠緩緩走到黑板前開始寫起什麼——

「時間是紅魔曆兩千六百二十二年。故事從大魔法師沛凱碰率領眾多紅魔族，討伐了邪

神畢幽可……」

（喂，紅魔族有那麼悠久的歷史嗎？）

（沒、沒有吧。就連貝爾澤格王室也沒有那麼久的歷史。而且那個邪神的取名品味太奇怪了。我從來沒聽過這段歷史，這種故事聽過一次就忘不了才對……）

——看來還得再監督她一段時間。

【○月◇日。陰】

我在阿克塞爾城鎮的河畔低聲唸唸有詞。

「真的假的，『Blessing』的效果有這麼好嗎……」

我被阿克婭施加祝福魔法之後遇見一大群蔥鴨，正在猶豫是要捕捉起來，還是讓牠們變成經驗值。

「你、你的運氣好到讓人嫉妒了……居然能這麼輕易遇到稀有怪物，要是運用得當，或許真的能大賺一筆吧？」

儘管陪我一起來的達克妮絲以受不了的模樣開口，但是我回答她：

「不行，要是得意忘形順從欲望胡亂把運氣用在這種事，通常最後都不會有好下場。妳看我就算知道自己會贏，也不常賭博吧？」

「原來如此……看來掌管幸運的女神艾莉絲大人對於這方面相當嚴謹。她對賭博方面也很嚴厲吧。」

妳錯了，那個人挺喜歡和人賭一把的，她在我們第一次見面時就挑戰我了。

「話說回來，我們該怎麼處理這些傢伙？抓起來之後放到城鎮附近的湖裡就好嗎？」

「這個嘛，蔥鴨有群體跟隨帶頭的一起走的習性，所以只要抓著帶頭的帶往湖邊，應該就能安全地讓牠們一起移居了。」

這種習性聽起來就像花嘴鴨一樣，既然如此事情就簡單了。

我抓住走在群體最前面的蔥鴨……

「……欸，達克妮絲，我們把一隻蔥鴨變成經驗值怎麼樣？」

「唔……不、不好吧，看到這麼可愛的模樣，我實在狠不下心……」

聽了我這番有如惡魔的耳語，達克妮絲一臉煩惱地愣在原地。

我抱著帶頭的蔥鴨往前走，那群蔥鴨便搖搖晃晃跟在我後頭。

看到這個景象，我也能理解她為什麼會猶豫。

嗯，見到這麼可愛的模樣還能毫不遲疑加以獵殺的傢伙的確不多——

【○月□日。雨】

「不好意思，可以幫我開門嗎？我把惠惠帶回來了。」

芸芸揹著被雨水淋濕的惠惠和大量蔥鴨回來了。

「和真聽我說！我和芸芸去湖邊決鬥，結果居然發現一群蔥鴨！沒錯，我把牠們全都變成美味的經驗值了！這就是我平常行善的回報……啊！妳幹什麼啊！」

「哇啊啊啊啊啊啊啊啊啊啊啊啊啊啊啊啊啊啊啊啊——！」

看來阿克婭的蔥鴨養殖場被路過的爆裂魔毀了。

前幾天我見到蔥鴨向前行的模樣時，還以為沒有人會對牠們痛下殺手，完全忘了身邊就有人會毫不遲疑地下手。

「蔥、蔥鴨是怪物，所以惠惠那麼做並沒有錯。她確實是沒有錯，可是……」

達克妮絲意外有顆少女心，她或許是回想起蔥鴨集體行進的模樣，不禁淚眼汪汪。

就在阿克婭攻擊動彈不得的惠惠時，我抱起蔥鴨前往廚房。

那天晚上，我們和芸芸一起享用了蔥鴨火鍋。

【〇月▽日。雨】

拉拉蒂娜受邀參加賓茲伯爵舉辦的派對。

我也被迫以護衛的身分陪同參加，卻碰上一場擾亂派對會場的決鬥。

賓茲伯爵的長子拜斯宣布解除婚約後，被甩的反派千金拉拉蒂娜表示要和他決鬥。

這裡所說的不是我們的拉拉蒂娜，而是萊拉克家的拉拉蒂娜小姐。

我們的拉拉蒂娜成為見證人，為拜斯主持這場決鬥，最終是拉拉蒂娜小姐獲勝。

大家都以為她會處決拜斯發洩被甩的憤怨，但是情況出現令人意外的發展。

眾人原以為他們是雙親自行訂下的婚約，然而根據拉拉蒂娜小姐所言，其實她和拜斯小時候就見過面，過去經常一起玩耍。

拉拉蒂娜小姐因為和心愛的拜斯訂婚歡喜不已，似乎是由於無法饒恕多爾托林男爵家的緹雅小姐勾引拜斯，才會做出欺壓的行徑。

聽聞拉拉蒂娜小姐的真心話，緹雅小姐原諒了拉拉蒂娜小姐，拜斯看起來似乎稍微對拉拉蒂娜小姐有了好感。

之後拉拉蒂娜小姐宣稱：「不過既然我贏了決鬥，拜斯就屬於我了。」緊接著緹雅小姐對她發起決鬥，場面愈發混亂。

最後決鬥以平手告終，她們將在法庭上爭奪成為獎品的拜斯結婚權。

我們的拉拉蒂娜聽到整場派對此起彼落的拉拉蒂娜呼聲，因而有些生氣。

【○月▼日。雨】

最近有件事讓我有些在意。

只要阿克婭撿回來的梅雷維爾抬頭看往天空，當天就會下大雨。

我知道在上級魔法裡有操控天氣的魔法，但梅雷維爾似乎沒有使用魔法的跡象。

梅雷維爾長得很快，水瓶已經養不下了。

阿克婭提議在院子裡挖個池塘來養。

達克妮絲在院子挖個坑，阿克婭以魔法注水，梅雷維爾的新家就此完成。

惠惠表示挖坑或是土木工程應該交給她處理才對，不過她只會炸出隕石坑吧。

至於我認為梅雷維爾應該加以蒲燒的意見則遭到無視。

【〇月×日。陰】

惠惠教授的課程變得愈來愈可疑。

繼討伐邪神之後，她還講述了討伐破壞神、討伐古龍、討伐大惡魔等故事，這些連達克妮絲也不曾聽聞的紅魔族功績愈來愈多。

由於紅魔族一聚集起來似乎真的有可能辦到那些事，我們便放任她繼續說下去，然而在最近的課堂中，惠惠居然說這個世界的文明曾經毀滅過一次，紅魔族則是上個文明的倖存者，並且授予了人類知識與文明。

你們才是歷史淺薄的改造人種族吧——讓人想吐槽的點愈來愈多了。

達克妮絲相當擔憂這些可疑的歷史會對莉莉安蒂奴造成不良影響。

看來果然還得繼續監督下去。

【○月◆日。雨】

阿克婭表示她想養殖威勢蝦。

她拜託我去捕捉威勢蝦，我就在河邊抓了些螯蝦，告訴她那是威勢蝦的孩子並交給她後，就把牠們放進儲水池養了起來。

根據阿克婭的說法，不管給牠們什麼飼料都會大吃特吃，養殖起來似乎很輕鬆。

話說回來，之前她說過只要抓到蔥鴨就會給我珍藏品，我到現在都還沒拿到。

今晚就去跟阿克婭要她珍藏的高級酒吧。

【○月▲日。雨】

我向阿克婭要禮物之後，她給我一塊奇形怪狀的石頭，正想要扔掉時她卻生氣了。

據阿克婭所說，這塊石頭似乎是超級稀有的石頭，如果沒有以奇蹟般的方式在河裡積年累月地翻滾打磨，就沒辦法形成這種美妙的形狀。

我聽聞解釋過後，依然無法理解這塊石頭好在哪裡，說聲不需要便還給她，結果阿克婭笑容滿面地拿回房間了。

見到她那麼珍惜那塊石頭，讓我萌生些許據為己有的想法，真是不可思議。

話說最近每當梅雷維爾抬頭看天空，就會開始下雨。

儘管我試圖解決牠，但是上次我拿著菜刀靠過去想要切成三塊時，卻被牠以強大的水之吐息反擊了。

我居然連條海蛇都贏不了，這讓我有些沮喪。

【〇月〇日。雨】

在我們的拉拉蒂娜見證下，法庭開庭審判拜斯的婚約最終歸屬何方。

審理時，拉拉蒂娜小姐一方首先表明拜斯單方面解除婚約無效，我們的拉拉蒂娜也同意這一點。

然而針對這件事，緹雅小姐那方提出反駁，認為像拉拉蒂娜小姐那種會欺壓人的反派千金根本配不上拜斯，而我們的拉拉蒂娜也同意這一點。

就在兩人激烈爭辯之際，我們的拉拉蒂娜拿出說謊就會發出鈴響的魔道具，揭穿緹雅小姐主張遭到對方騷擾一事是她自導自演。

倘若事情在此告一段落還算好，但是拉拉蒂娜小姐的主張，也就是小時候曾和拜斯一起玩的過往也被發現全是謊言。

結果緹雅小姐和拉拉蒂娜小姐好像都是為了財產才會接近拜斯。

就在拜斯對人性感到絕望之際，我們的拉拉蒂娜表示乾脆剝奪他們的貴族身分，慌慌張張的三人於是加以協商，最後——

【〇月◇日。雨】

惠惠擔任家庭教師的兼職工作結束了。

坦白說，紅魔族在第六次天魔大戰時與創造神和大惡魔為敵的故事還挺有趣的，不過話說回來，歷史上似乎從不曾發生過天魔大戰。

莉莉安蒂奴是個聰明的孩子，她對此有充分認知，似乎只把它當成有趣的故事來聽。

惠惠教授的課程除了歷史之外似乎都很正經，她的成績也有所提升，因此她的父母都很高興。

我想如果莉莉安蒂奴沒有開始擺出奇怪的姿勢，達克妮絲應該也會願意繼續讓惠惠從事家庭教師的兼職工作——

【○月×日。雨】

阿克婭的螯蝦飼育池引發大騷動。

蟾蜍似乎被阿克婭放養的螯蝦吸引，在那裡群聚並且定居了。

冒險者公會緊急發布儲水池蟾蜍的討伐任務，冒險者們經歷了一場激烈的戰鬥，導致儲水池暫時無法使用。

我擔心是否又要被求償，結果公會只要求建造新的儲水池就好。

我們計劃由惠惠炸出巨大隕石坑，接著由阿克婭以魔法注水。

阿克婭遭到嚴厲訓斥之後似乎有所反省，但是我覺得她好像在唸唸有詞下次要養鱉。

然後我在這天也發現梅爾維雷的身體長出小小的腳——

【○月□日。雨】

拜斯舉行婚禮了。

他們三人商量過後，拜斯最終決定迎娶那兩位小姐。

這個世界為了解決因對抗魔王軍而產生的人口減少的問題，採取一夫多妻制。

儘管拜斯一副眼神死的模樣，不過兩名新娘都是美女，老實說我挺羨慕的。

另外，拉拉蒂娜小姐趁結婚這個機會改名為拉拉蒂奴。

似乎是在辦理戶籍時順便改了。

我們的拉拉蒂娜不知為何笑嘻嘻的，我打算之後再逼問她是怎麼回事。

【○月△日。天氣……】

今天也是一早開始就下雨。

我望著窗外開口：

「……欸，我想談談梅爾維雷的事。」

「「…………………」」

聽到我隨口說出的話語，惠惠和達克妮絲都轉過頭去。

「梅爾維雷怎麼了？牠最近學會了才藝喔。可以用水之吐息巧妙讓球浮在空中。」

阿克婭如此說道。伸手指示的梅爾維雷將頭探出池塘，正對著空中噴射水之吐息。

水之吐息頂著有點大的球，正以絕妙的平衡漂浮——

「那個才藝確實很厲害，不過這不是重點……那傢伙不是普通的海蛇吧？再繼續養下去會出問題的。」

池塘對於不斷成長的梅爾維雷來說已經太小了，如今只能一直將頭伸出池塘。

池塘的大小約直徑三公尺。

梅爾維雷將自己的身子層層蜷曲塞在裡面，我光是看就覺得擁擠。

「對呀，梅爾維雷不是海蛇，是海龍王喔。我們差不多得幫牠造更大的家了。」

「我不是這個意思，我們應該把牠放生到河川之類的地方。再長得更大的話，就連把牠搬去河邊都做不到。」

話說光是現在要搬運就很勉強了。

憑現在的大小，用大型水瓶和手推車勉強還能運送。

「……欸，達克妮絲。雖然我之前打斷了妳的話，不過妳應該已經察覺牠的真實身分了吧？那到底是什麼東西？」

老實說我根本不想問，很希望能將這個問題拖延下去……

「……當時的報紙刊登了一篇報導。有隻推測是利維坦的巨大生物棲息在某個港都的外海。而且那隻利維坦正值產卵期，孵化出來的幼體很有可能受到戰場降雨帶的影響，從天而降……」

「好，現在馬上把牠扔了。」

雖然我想等雨停的日子再處理，但是沒有時間蹉跎了。

利維坦是經常在遊戲裡出現的可怕傢伙對吧？

——翌日。

安撫了不停反對放生梅爾維雷的阿克婭，我們將牠裝進大水瓶擺在手推車上。

「本來可以把牠加以蒲燒，然後自稱利維坦殺手耶。要是再繼續成長下去，很有可能會變成公會的討伐對象，而且就連把牠放生都不太好吧？」

「比起怪物，利維坦是更接近精靈的存在。牠們有很高的智慧，只要像梅爾維雷這樣被我們馴服，根本不會胡亂襲擊人。把牠加以蒲燒的主意實在太荒謬了。」

「當初抓到牠的時候，說要做成蒲燒料理的人可是妳喔。」

今天的計畫是就這麼用手推車把牠運到河邊放生。

根據達克妮絲所說，流經阿克塞爾城鎮附近的河直通大海，所以把牠放生到河裡，應該會遵循本能游向大海。

——惠惠摸摸梅爾維雷的背說道：

「雖然我們相處的時間很短，但是我已經對這孩子產生一些感情了。和真，真的不能繼續把牠養在阿克塞爾嗎……」

「不行，利維坦會長得非常大吧。就算養在城鎮附近的湖裡，這個環境對牠來說還是太小了。讓牠回去大海才是比較好的做法。」

達克妮絲將手擺在手推車上，以感到抱歉的模樣點頭。

「我應該在你們產生感情之前提出來的。我在剛開始養梅爾維雷時就察覺到牠的真實身分了，阿克婭，惠惠，抱歉。」

「妳當時是想告訴大家吧。是我要妳當成沒看見的，所以責任都出在我身上。」

梅爾維雷看著我們，似乎覺得我們的互動很不可思議……

「真是沒辦法呢。欸，梅爾維雷，到了大海之後你要長得更大，然後找個好時機去襲擊魔王城喔。我很期待你這個海龍王喔。」

「妳一開始明明還以為牠是鰻魚，別把這種麻煩事推到牠身上啦……」

——我們出了阿克塞爾，拉著手推車往河邊走去。

由於河川離城鎮不遠，還以為不會有什麼危險……

「欸，和真，我們的天敵蟾蜍出現了！而且居然有四隻！」

「和真，要使用爆裂魔法嗎？不過聲音可能會引來其他蟾蜍……」

阿克塞爾著名的巨型蟾蜍現身擋住我們的去路。

「我穿著金屬鎧甲不會被盯上，可是沒辦法自由移動的梅爾維雷會有危險。我試著用誘餌技能的『Decoy』……」

達克妮絲鬆開拉著手推車的手，一邊拔劍一邊提議。

光是一隻蟾蜍就很難對付了，同時遇上四隻實在不太妙。

今天可能要放棄把梅爾維雷送回大海的計畫，讓惠惠使用爆裂魔法殲滅敵人後儘快撤回城裡了嗎……

「啾！」

正當我考慮著該怎麼解決時，梅爾維雷叫了一聲便使出吐息。

水之吐息直接命中一隻蟾蜍——

「……啥？」

伴隨我的驚呼聲，那隻蟾蜍的肚子被打穿了一個洞。

就在巨大的蟾蜍倒下之時，梅爾維雷接連使出吐息——！

「給我等一下，那麼剛才說的那一長串又算什麼呀？」

「我們還是把梅爾維雷養在家裡吧。」

梅爾維雷實在太強了。

輕鬆消滅幾隻蟾蜍後，就像只是做了件微不足道的小事，悠然地待在水瓶當中。

「我們的天敵被牠一擊解決耶。而且看起來沒有因此耗盡魔力，牠之後還會變得更厲害吧？有了牠以後，就不用再擔心火力的問題了。牠現在還長出小小的腳，說不定將來能在陸

地上生活喔？」

「請、請等一下，和真，隊伍的火力輸出不是已經有我了嗎？我們讓梅爾維雷回歸大海吧，這樣對牠來說才是幸福的！」

惠惠連忙向我開口，但是我輕輕敲了梅爾維雷的鱗片。

「而且牠是利維坦，所以算是一種龍吧。牠的鱗片這麼堅硬，說不定長大以後的防禦力會比達克妮絲更強。」

「當當當、當然是我的防禦力比較強！十字騎士是最強的坦職，絕對不可能輸給區區一條海蛇！」

阿克婭無視稱呼梅爾維雷為海蛇的達克妮絲說道：

「嗯，我對於繼續養這孩子沒有什麼意見。利維坦是水之眷屬，成長之後應該也會使用魔法。到時候要我教牠水系魔法也……」

「啾！」

就在這時。

梅爾維雷又叫了一聲，我的右手微微發亮。

之前我想把梅爾維雷切成三塊時遭到反擊，手上應該有個小傷。

現在就像是治癒了一樣消失……

「你給我等一下，你剛才是用『Heal』對吧！為什麼區區一條鰻魚會用『Heal』！到底是在哪裡學會的！」

聽到阿克婭開始稱梅爾維雷為鰻魚後，惠惠將手抵著下巴思考。

「可能是看過阿克婭使用『Heal』後就學會了吧。不過既然有使用回復魔法的資質，是不是代表這孩子很虔誠呢？」

「也就是說因為太親近我這個女神嘍？不行喔，梅爾維雷，那個魔法要封印起來！不然我們的角色定位就重複了！」

我覺得能使用吐息的梅爾維雷反倒是阿克婭的強化版。

——於是她們三人互看一眼，對著彼此點了點頭。

「我們在天黑以前把梅爾維雷送回大海吧。動作快點，和真。」

「我也幫忙推手推車。水瓶實在太小了，我想早點讓牠到寬廣的河流或海裡游泳。」

「既然我已經教會你回復魔法，回到大海也要好好生活喔，梅爾維雷。你不能留在這附近喔。要是被冒險者發現了，可是會被做成蒲燒料理的。」

梅爾維雷見到態度大變的三人，不知為何一臉滿足地縮回水瓶裡。

……這傢伙該不會真的聽得懂我們的話吧？

阿克婭說利維坦有很高的智慧，所以當我說出乾脆繼續養牠時，才會碰巧在那個時間點

治好我的傷口——

「——梅爾維雷。你要是忘了我這個替你取名字的人，我可不會原諒你喔？我偶爾會去海邊玩，我叫你的時候就要過來喔。還有，如果你發現怪物或是魔王軍，記得用水之吐息噴他們。」

「啾！」

已經放進河裡的梅爾維雷用叫聲回應阿克婭的話。

我不禁冒出這傢伙的智商可能比阿克婭還高的想法。

讓梅爾維雷回到大海真的好嗎？

對了，回想一下最近日記裡的內容。

這傢伙是不是遠比這個世界的人類還要可靠啊？

「欸，梅爾維雷。如果我讓你能三餐吃魚吃到飽，偶爾還能喝點酒的話，你願意留下來嗎？利維坦是一種龍吧？我聽說過龍喜歡喝酒——」

「梅爾維雷，快走！不可以聽這個男人說的話！」

梅爾維雷似乎瞬間表現出對我說的話很有興趣，然而卻像是被阿克婭趕跑一樣，朝大海的方向遠去——

【〇月▲日。晴】

送走梅爾維雷之後，雨就停了。

老實說我到現在還是覺得很遺憾，不過那傢伙也想返回大海吧。

最近這幾天一直都是晴天。

多虧如此，這幾天陪惠惠去進行每日鍛鍊都很輕鬆。

……就在我想著這些事時，收到了警察的到案通知書。

日子還真是不平靜。儘管我覺得很奇怪，還是出發前往警察局——

【〇月▼日。晴天】

和真先生遭到警察局扣留已經過了三天。

今天傍晚就會釋放，達克妮絲已經去接他了。

惠惠出門買和真先生喜歡吃的東西。

我雖然準備了珍藏的酒，但是不知道這樣能不能讓他原諒我。

總之我還是辯解一下，錯的人不是只有我。

擅自使用和真先生的名字，開始養殖鱉的人確實是我，但是我從來沒有打算欺騙那些放

高利貸給我的人，而且都是因為惠惠貪圖甏的經驗值，才會把那些甏全部消滅，所以我覺得我根本沒有錯。

但是我知道和真先生不會聽這些藉口，所以先寫在這裡。

對不起喔——！

【○月◇日。晴】

我因為詐欺罪被捕，終於在這天被釋放了。

不過要是我不儘快籌錢還債，似乎會再次被追究責任。

真是太荒謬了，可是這裡是糟糕透頂的異世界，所以我放棄抵抗。

阿克婭好像經常偷看我的日記，所以我決定今天是我最後一次寫日記。

——好了。

我打算現在就去痛罵阿克婭一頓——

和真

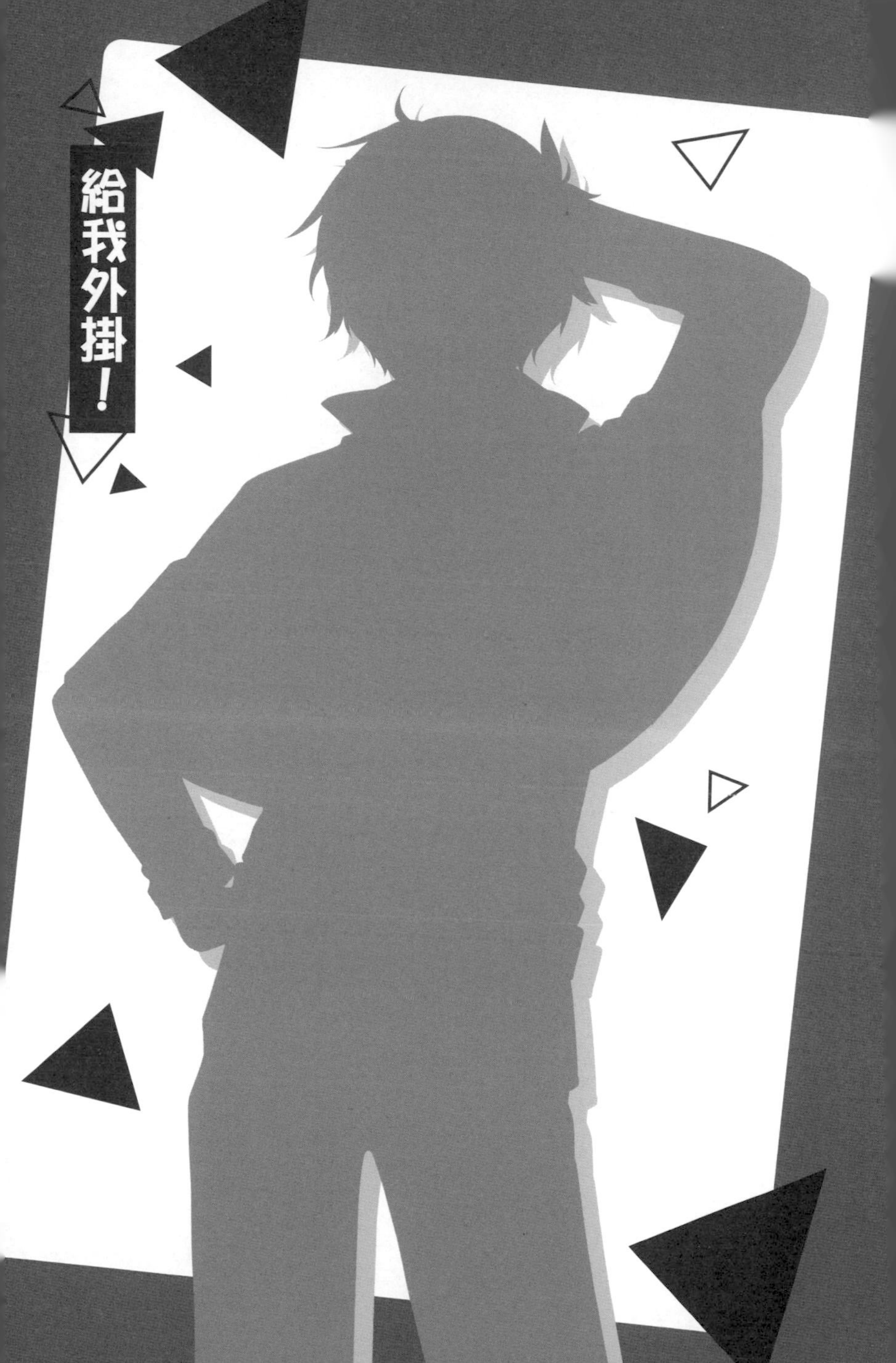
給我外掛！

1

在一個全白的房間裡，突然有人對我這麼說。

「佐藤和真先生，歡迎來到死後的世界。不久之前，您已經不幸喪生了。雖然短暫，您的生命已經結束了。」

阿克婭散發著無比莊嚴的女神氣場，用認真的神情對我說道。

她要是像這樣端正態度，分明就很有女神的風範。

不過我很清楚接下來的發展會有多糟糕。

這次絕對不會失敗。

沒錯，我要讓這個糟糕透頂的世界重新來過——！

在維茲魔道具店裡物色商品的阿克婭說道：

「一個能讓人眼睛一亮的東西都沒有。欸，怪異惡魔，你這裡沒有就連我這個神明也會驚訝到想掏錢買的厲害道具嗎？」

今天沒有什麼特別需要做的事，因此大家一起過來閒晃。

「店裡能讓汝驚訝的東西要多少有多少，不過吾知曉汝身上的錢少得可憐。吾現在很忙，畢竟還得想辦法填補焦黑店長搞出來的赤字。」

巴尼爾在渾身燒焦趴倒在地的維茲身旁開口，並將手伸向石頭。

他把剛才擺在盒子裡的石頭拿在手中，將另一隻手覆蓋上去，接著將他施展過某種魔法的石頭擺到貨架上——重複進行這項工作。

達克妮絲正在照料燒焦的維茲，但是對阿克婭來說，這種場景似乎是自然無比的日常，因此沒有什麼特別的反應。

「欸，巴尼爾，你覺得阿克婭沒錢買的話，那我呢？對了，有沒有戴上後就能讓對方隸屬於自己的東西？感覺惡魔應該會有那種束縛類型的魔道具。我好歹是貴族，在金錢方面不會吝嗇喔。」

「……儘管汝讓吾有些——不，是非常心動，但是吾稍微窺探未來，就知道如果賣汝那種東西很有可能引發某種不好的事態。話說汝最近接觸過那種類型的神器吧？吾能感受到汝散發出無比留戀的負面情感。」

就在達克妮絲一臉遺憾地垂頭喪氣時。

「等一下，你對達克妮絲這個大小姐的態度也差太多了吧。我不但是客人，還是神明喔。你這種敷衍我的態度是怎麼回事？要是你不好好招待我，我就在阿克塞爾導覽地圖的店鋪評價寫上這間店糟糕透頂喔。」

「客人本來就已經夠少了，不要做多餘的事！汝這個礙事女！」

阿克婭在巴尼爾四周晃來晃去干擾他工作，然後拿起放在商品架上的一塊石頭。

「這是什麼──？」

「那是『被邪惡力量沁染的血石』。由吾這個惡魔注入力量，變成一塊散發漆黑氣息的石頭。」

阿克婭拿著散發黑色霧靄的石頭，細細地凝望它。

就在這時，正在挑選藥水的惠惠一聽到商品的名字便回過頭來。

「欸，那個石頭有什麼效果？聽起來像是帶有詛咒一樣。」

巴尼爾接連伸手覆蓋石頭加以施法，頭也不回地回答：

「就只是會散發漆黑氣息的石頭。儘管沒有什麼特別的效果，但吾認為紅魔族可能光是看到名字和氣息就會買下來……住、住手！這個搞笑女孩，到底想做什麼！」

「你還問我做什麼！你之前是不是把什麼效果都沒有的『禁忌的赤血石』賣給芸芸！她之前還開開心心地把那顆石頭送給我！」

惠惠奪走裝有尚未處理的石頭的箱子後，對此產生興趣的阿克婭為手中已經處理過的石

頭注入力量。

「我感覺到裡面有股邪惡的氣息。儘管我雪亮的鑑定眼判斷這只是塊沒有任何效果的普通石頭，為了預防萬一還是淨化一下好了。」

「別把商品變成普通的石頭！這個淨化女！要是汝真這麼閒，就拿著這個滾到旁邊！」

巴尼爾一臉困擾地丟個東西給試圖淨化石頭的阿克婭。

那是原本不該存在於這個世界的火柴盒。

這個世界的人基本都是用打火石點火。

正因為如此，我才能用打火機賺大錢……

「你以為給我這種東西就能蒙混過去嗎？這個火柴就給愛玩火的和真先生吧。我要更好的東西。」

「愚蠢之徒！那是最適合消磨時間的神器。至於那個東西，可是擁有『重頭來過』這種強大力量的道具……」

重頭來過？

「聽你這麼一說我就想起來了，我對這個東西有印象。它到底有什麼效果？」

我的目光落在從阿克婭手中接過來的火柴盒。

乍看之下只是個普通的火柴盒，但是重頭來過這幾個字格外令人在意。

打開火柴盒一看，見到裡頭只剩下三根火柴棒。

「嗯，只要點燃火柴，那個道具就能讓自己過去做出的選擇重頭來過。如果使用的人並非原本的持有者，當火柴燒盡時，使用者便只會保留改變選擇後的記憶。因此儘管沒有原先身為神器的意義和效果，卻可以為有所執著的過去重新做出選擇，窺見另一個未來。」

「喔——聽起來好像挺有趣的，確實可以用來打發時間。和真先生和真先生，我想試試看，給我吧。」

——重頭來過。

這就意味我可以抹除當初來到這個世界時，選擇眼前這個沒用女神的過往。

「請等一下，我也想試試看那個道具。以前我在加入這個隊伍之前，曾經收到某個隊伍的入隊邀請。那些人說他們要在競爭激烈的王都揚名，我很好奇要是當時接受他們的邀約，現在的名聲能夠傳得多廣……」

惠惠一臉得意地偷偷瞄著我，這讓我開始考慮現在立刻把她寄到王都的可行性。

她可能是期待著我對她說「我不會讓妳去其他隊伍」之類的話，但是看著這幾個傢伙，「重頭來過」這個甜美的字眼逐漸在我心中深處擴散開來……

「這麼說來我也有好奇的事……如果當時沒有對和真搭話，我現在可能已經加入別的隊伍了吧。你們想，我的攻擊確實打不中敵人，但是作為盾牌還有誘餌很優秀吧？我還擁有持續戰鬥的能力，如果是火力足夠的隊伍，或許意外需要我……啊啊！住手！」

聽到達克妮絲開始主張「自己很有用，和其他人不一樣」後，兩人開始動手教訓她。我望著她們打鬧的模樣，握緊手中的火柴盒。

我當然知道並非真的能夠重來，我也很清楚火柴燃燒殆盡之後，便會回到現實。

但是——

「欸，和真，快給我。我想要改變被你耍了帶來這裡的過去。我很好奇如果沒來這裡的話，會過著怎樣的生活。我想自己肯定會昇神，然後有燦爛的未來在天界等著我吧。」

…………確實。

如果我帶來這個世界的禮物換成有用的外掛，而不是這個瞧不起人的女神——

「不過這麼一來，感覺沒了我之後，過來這裡的和真會輕易死掉呢。話說我也很擔心妳們兩個會怎麼樣。要是沒有我在，大家根本沒辦法凝聚起來，真的很讓我懷疑你們能否好好活下去……」

「雖然妳說的昇神和天界很令人在意，不過那些話是我的台詞才對。如果沒有我負責這個隊伍的火力，大家根本不可能獲得現在的名聲吧。可能到現在還在打蟾蜍，過著賺點小錢勉強過活的日子呢。」

聽到兩人爭論起麻煩的話題，達克妮絲戰戰兢兢地舉手。

「這、這麼說來我也是，啊啊啊啊！為什麼不讓我說完！」

達克妮絲在加入這個麻煩話題前就被兩人制止，發出聽起來有些開心的慘叫。

我望著吵吵鬧鬧的三人，心裡的感受實在難以言喻。

「和真？等等，你想做什麼？火柴只有三根，要公平決定誰來使用……」

我回想著當時的場景，毫不猶豫地點燃火柴——

「「「啊啊！」」」

2

「你在發什麼呆？還沒有自己已經去世的真實感嗎？」

眼前的阿克婭隱藏平常那沒用女神的本性，窺視我的反應。

記得在這個時候，我確認自己幫助的那個女孩子安然無恙後，被她狠狠嘲諷一番。

這次別說什麼多餘的事，趕緊拿到外掛轉生吧。

「不，沒事，我已經體會到自己真的死了。我接下來會怎麼樣？」

我當然知道後續的事，但是我試著讓自己看起來若無其事地回答。

接下來阿克婭應該會為我說明轉生特典之類的事。

不對，在那之前好像還會問我要不要去天堂。

「才剛去世居然可以這麼冷靜啊。初次見面，佐藤和真先生。我的名字是阿克婭，是在日本引領年輕死者的女神。現在，你有兩個選擇。」

阿克婭說得一本正經，但不知為何臉頰微微抖動。

「一個是重新投胎轉世為人，展開新的人生。另外一個選擇……噗、噗噗……另、另外一個選擇就是待在一個類似天堂的地方，過著像老人家一樣的生活……呼呼，唔呼呼！」

阿克婭的臉頰抽動得愈來愈厲害，模樣變得很奇怪。

這傢伙該不會是在忍著不笑吧？

沒錯，這個笨蛋大肆嘲笑我的死因，隨即表現出瞧不起人的態度。

即使我是再怎麼理性的男人，也希望阿克婭能努力別笑出來。

「老、老人家……噗——！啊——哈哈哈哈哈哈哈！啊哈哈哈哈哈，啊哈哈哈哈哈哈！不行了，見到這種事根本忍不住！這個人的死法明明超有趣的，為什麼還能一臉認真地聽我說話？啊哈哈哈哈哈哈哈！」

這、這傢伙……！

不，冷靜下來，佐藤和真，如果現在發火一切都會回到原點，這時候應該放過她，用成熟的態度應對這個蠢貨。你不是想讓人生重頭來過嗎？

沒錯，你要的是在滿懷悔恨過著負債生活時，連作夢都會夢到的轉生特典——

「這個人怎麼會差點被牽引機耕過去就被嚇死啊？超好笑，真的超——好笑！」

「死、死得這麼有趣，真是不好意思啊。別管我是怎麼死的了，妳可以接著繼續為我說明嗎？」

冷靜下來，和真，這時候報復她根本毫無意義，要努力改變過去！

……就在我好不容易忍下來之後，剛才放聲大笑的阿克婭開口：

「……呼。說得也是，發洩壓力就到此為止吧。好的，佐藤和真先生。你在前世因為非常有趣的死法失去性命，而現在就如我剛才所說的，你有兩個選擇。一個是在天堂享受悠閒的生活，每天的樂趣可能頂多就是日光浴。另外一個，則是在未知的異世界過著充滿浪漫與冒險的日子。附帶一提，我當然推薦你選後者。因為——」

「那我選這個。」

要是讓她繼續再說下去，我怕會忍不住想要報復她，所以我直接說出回答打斷她的

話……接著阿克婭不知為何用懷疑的眼光望向我。

「欸，現在是我表現的時候，至少讓我好好把話說完。話說你不聽說明沒關係嗎？你就不想知道那是什麼樣的世界？」

「反正一定是魔王在那裡大鬧，讓人類陷入危機，而我會得到妳給的外掛送去那裡當援軍吧？」

我搶先把話說完，省得阿克婭再花時間為我說明，儘管她看起來似乎還有話想說，最終還是保持沉默。

不過可能是因為少了點工作而感到高興，沒有再多說什麼，默默地將一本類似型錄的東西遞給我。

就是這個了，我為當初選擇阿克婭而懊悔萬分，這就是本應賦予我的外掛！

正當我喜孜孜地翻閱型錄時，阿克婭則在一旁窺探。

「雖然你看起來好像很猶豫，但是我不推薦『停止時間』喔。反正你肯定是想讓時間暫停之後做些色色的事情……不過憑你的魔力，最多只能讓時間暫停幾秒鐘，所以很多事都做不了。」

雖然我沒有拿能力去做壞事的打算，但還是別選「停止時間」好了。

「啊！那一頁的『催眠能力』沒辦法對人形對象使用喔。用在怪物身上的話確實是很強

大的能力，可是想做色色的事就……」

「我確實有點好奇，但是根本沒打算濫用！話說你們不要把這種有缺陷的外掛列上去，放點真正有用的外掛好嗎！」

阿克婭一直在旁邊吐槽真的很煩。

這兩種能力確實讓我很心動，但這次還是保險一點，選擇戰鬥類型的能力好了……

「欸，你對待女神大人未免太囂張了。如果你不更改一下沒禮貌的態度，我就把你帶去的能力固定成『召喚哥布林』喔。」

「要是妳敢給我那種能力，我就用哥布林填滿這個地方。」

我不顧被嚇得安靜下來的阿克婭，繼續翻閱型錄。

不只是這個累贅女神，當然也打算避開那個只會用爆裂魔法的半吊子魔法師，還有攻擊完全打不中敵人的受虐狂騎士。

這樣的話，希望自己能得到即使獨自一人也能應付一切的萬能型力量……

「好。那我選『魔劍雷瓦汀』好了。」

我記得班劍就是因為得到格拉墨那把魔劍，才會變得那麼強大。

至少魔劍這類的物品應該沒有什麼沒用的東西。

「魔劍啊……像你這種豆芽菜真的揮得動嗎？」

「……就沒有只要拿著就能提升體能的劍嗎？」

我開始感到有些不安，阿克婭聽到我的問題，一邊翻閱型錄一邊說道：

「這個武器雖然無法提升體能，但是我覺得像你這種豆芽菜也能用。」

她一臉認真地指著名為「神聖馬桶刷」的道具。

道具的能力說明欄寫著這是把被女神阿克婭使用過後，變成神器的馬桶刷。

這把神聖馬桶刷除了對上惡魔和亡靈特別有效，還能清除任何頑固的汙垢……

——我明白了，即使在重頭來過的世界裡，這傢伙似乎也在拚命嘲諷我。

「妳這個女人真的很有趣呢。被妳羞辱到這種地步，我也想好該選什麼了。」

「噗哧。你有什麼想法？難道你真的打算選擇召喚哥布林，讓哥布林填滿這裡嗎？雖然完全不覺得自己有什麼錯，但是如果真讓你這麼不愉快，還是姑且說聲抱歉嘍。」

阿克婭說出既像是道歉又像是嘲諷的話。

「我要帶到異世界的『東西』是……」

3

馬車伴隨行進的聲響，行駛在早已見慣的石頭路上。

儘管突然打亂原先的計畫，還是先去冒險者公會吧。

「啊……啊啊……啊啊啊啊…………」

完全不顧在一旁不停顫抖的阿克婭，朝公會所在的方向走去。

雖然需要支付手續費，但是這點就和重頭來過之前一樣，讓這傢伙想辦法解決吧。

「啊啊啊啊…………啊啊啊啊…………啊啊啊啊啊啊啊啊啊！」

阿克婭抱頭大叫，而我則是開口要她跟上。

「喂，既然都來了這個世界就只能認命，快點走吧。我們先去冒險者公會登錄身分。之後再去找人商量，借住空著的馬廄。今天的目標就是這樣……唔喔！」

「啊啊啊啊啊啊啊啊啊啊啊啊啊啊啊啊啊啊啊啊啊啊啊啊啊啊啊──！」

阿克婭哭著朝我撲過來，而我則是推著她的頭加以抵抗。

「住手！別脫我褲子這個沒用女神，妳騷擾人的方式也太普通了！話說我也完全不想帶妳這種廢物過來！誰叫妳一直嘲諷我，把我的外掛還給我啦！」

「你強行把女神大人帶過來居然還說這種話！快道歉！把我帶來這裡還對我說那麼過分

的話，給我道歉！還有你以後要養我！」

雖然後悔當時為什麼沒能忍住，不過現階段應該還是能夠修改回原先的計畫。

「你要把我說的話聽進去！廢物尼特！還有，要是你再叫我沒用女神，我就降下讓你洗好的衣服都會變臭的天罰！」

「妳騷擾人的方式真的有夠普通的！夠了快走吧，臭婊子。雖然計畫已經打亂，但是我從現在開始就不會再出錯。」

「你說誰是婊子啊！這個繭居尼特！你應該叫我阿克婭大人！」

「那妳就別再叫我尼特！什麼阿克婭大人啊，明明只是個沒用女神！」

我不理會一邊喊叫一邊跟過來的阿克婭，朝著冒險者公會走去——

「——好，阿克婭，我們先在這裡登錄成為冒險者，再去確保睡覺的地方。然後明天就去做兼職的工作。」

「雖然我不懂為什麼成為冒險者還要去打工，不過你這個人挺有規劃的。而且你居然能直接走到冒險者公會，一路上完全沒迷路，我還以為你只是個繭居尼特，想不到還挺能幹的嘛。」

阿克婭說得十分佩服。不過這已經是我第二次這麼做，所以當然能輕易做到這種事。

雖然我的計畫被這傢伙嘲諷到開場就出錯，但是這次一定要做得更好。

我在冒險者公會裡四處張望，找到某個人。

「阿克婭，妳能去找那邊的祭司要點零用錢嗎？」

「突然說些什麼啊。你要我這個女神去乞討？」

我指出的人，就是以前借我們登錄手續費的祭司。

我選擇用上次的方法解決這個問題。

「要登錄成為冒險者是需要手續費的。妳應該沒帶錢吧？所以我們的計畫就是去向那位祭司借錢。現在是妳展現女神威嚴的時刻了。」

「雖然不知道你怎麼連這種事都知道，但我明白了。我很中意你所說的女神威嚴。」

儘管我知道這麼多細節讓阿克婭感到疑惑，但是她本來就不擅長思考，於是便雀躍地走向那位祭司。

「這位祭司啊，說出汝的宗派吧！我是阿克婭。沒錯，就是阿克西斯教團所祭拜的神體，阿克婭女神！若汝是我的信徒……！能不能請汝幫個忙，借我一點錢。」

「……我是艾莉絲教徒。」

「啊，這樣啊，真不好意思……」

兩人進行了和當時一樣的對話，落寞的阿克婭拖著步伐準備走回來。

之後的過程也和上次一樣，我們順利得到手續費。

「好，接下來就是登錄成為冒險者。」

「小白臉尼特，你給我等一下。我按照你所說的去做後確實拿到錢，但我好像因此失去什麼很重要的東西。既然這筆錢是我借來的，你就該好好表達一下謝意。」

我心想她說的話確實有道理，於是去向那位祭司好好表達自己的謝意。

「好，接下來真的要去登錄了。」

「我是要你跟我道謝！愚蠢尼特！」

我不管吵鬧的阿克婭，直接去找熟悉的櫃檯小姐。

「我們是來辦理冒險者登錄手續的。啊，相關的說明就不用了。對了，請幫我把職業登錄成冒險者。」

「咦？……那、那個，真的不需要說明嗎？還有，冒險者這個職業真的很弱……」

滿臉疑惑的大姊將冒險者卡擺在櫃檯上，於是我伸出一隻手。

「就憑我的能力參數，我想頂多只能選擇冒險者。來吧，阿克婭，妳也碰一下卡片進行登錄。麻煩把她的職業登錄成大祭司。」

「那、那個，你說大祭司……」

「你真的一直說個沒完耶。好吧，我這個女神要成為大祭司應該沒什麼問題。」

我們將手放在卡片上，後續的發展也和以前類似。

我和阿克婭順利獲得各自的職業，櫃檯小姐和工作人員以期待的眼神目送我們離去。

再次在這個世界踏上冒險者這條路——！

4

我和阿克婭順利借到馬廄的角落，並且找了些感覺起來不錯，沒有沾到馬糞的稻草鋪成床，接著便躺在上面商量未來的計畫。

「妳聽好了，阿克婭，我們現在沒有錢，甚至連裝備都沒有。所以我們得先做兼職工作賺取初步需要的錢。賺到錢買了武器之後，再出城提升等級。」

坐在稻草堆上的阿克婭聽著我的話不住點頭，我則是回想起過去的情景。

「等我們提升等級獲得技能點數後，我會去學習鍛造技能藉此研發商品。這樣我們就能快速賺大錢了。」

「原來如此，啟動資金真的很重要。那麼，我們之後要怎麼打倒魔王呢？」

魔王什麼的根本不關我的事，不過聽阿克婭這麼一說，我才想起來這時她的目標還是打倒魔王。

算了，只要等這傢伙知道這個世界有多麼嚴酷，並且賺到大錢之後，應該就會和之前一樣習慣尼特的生活。

「考慮那麼久遠的事也沒有用。先打造穩定的生活條件再去討論怎麼解決魔王吧？」

「說得也是，得先想辦法搬離這個地方……對了，你明明就是個現代人，卻完全不抗拒在馬廄裡睡覺耶？」

阿克婭似乎對此大感意外，不過這對於頭來過的我來說根本不算什麼。

除去豪宅之外，馬廄是我住得第二久的地方，這裡對我來說可以算第二個家。

接下來即將發生魔王軍幹部貝爾迪亞之戰，以及毀滅者襲擊城鎮的事件，我也想好了應該如何應對。

首先是貝爾迪亞之戰，只要不去攻擊那傢伙當成據點的古城，過一段時間之後應該就會回到魔王身邊。

至於毀滅者，我曾想過在它襲擊之前搬家，最終還是放棄了這個念頭。

因為這座城鎮有我常去的那家店……不，是因為有許多曾經幫助過我的熟人和朋友，身為一名冒險者，我不可能捨棄他們。

我知道它來到阿克塞爾的時間點和路線，所以屆時只要暫時僱用維茲和惠惠，在過來城

鎮附近以前破壞它的腳就好。

作為動力來源的日冕礦石應該會失控爆炸，但是只要距離城鎮夠遠就沒問題。

——完美！

這麼一來不僅能保護城鎮，我也不必負債！

「好，我們馬上就去打工吧。然後買下豪宅！」

我要告別那種莫名負債的生活。

我緊握拳頭如此宣言，聽得阿克婭的雙眼發光。

「居然要買豪宅，真是志向遠大呢。好啊，就讓你見識一下我的能力！別看我這樣，我對服務業和銷售業的工作都很有自信喔！」

聽到阿克婭這番自信滿滿的話，我回想起接下來即將發生的事——

【重頭來過的第二天】

「聽好了，阿克婭，去土木工程打工是最後的選擇。工頭雖然是好人，但是工作本身是最辛苦的。我們先從酒吧的兼職工作做起。」

「雖然不知道你為什麼非要提到工地，但是我明白了。去酒吧工作的話，我超級厲害的特技就能派上用場了。我一次能端二十九個酒杯！」

那是怎樣？好厲害……不不不，不管阿克婭有多厲害，都不能讓她負責送酒。

之前我們也曾在酒吧打工，這傢伙把端給客人的酒都變成水，最終害得我們被老闆解僱，當時的事情我到現在都記得。

「端酒的工作就交給我，阿克婭去洗盤子吧。雖然我覺得就算有人要妳去田裡抓秋刀魚也不會生氣，為了預防萬一還是先跟妳說一下。」

「只是別人要自己去抓秋刀魚而已，因為這樣就生氣才奇怪吧。」

這個世界的秋刀魚可以在田裡抓，我之前就是因為不知道這個愚蠢的常識，才會被酒吧的店長開除，但是今天不同了。

我這次絕對不會犯錯。

儘管只是短暫的過渡期，我也要過上正經的異世界生活——

「——所以說尼祿依德到底是什麼東西！就算你要我去抓尼祿依德，我根本不知道那東西到底在哪裡啊！居然把我當笨蛋，這種兼職誰做得下去！」

「你這傢伙居然連尼祿依德都不知道，到底是怎麼活到現在的！那種東西就連小孩也有辦法抓！」

開始在酒吧工作一個小時後。

店長對我下達莫名其妙的指示，我和之前一樣大發雷霆。

「那你再說一次尼祿依德那種東西的特徵。」

「沒有固定的型態，經常出沒在小巷和陰暗處。會『喵——』這樣叫，只要順著聲音去找基本上就能找到。還有把它喝掉的時候會有唰唰的口感。」

「瞧不起人啊。」

就在我和店長發生爭執時，他突然望向廚房大喊：

「喂，新人，妳到底在搞什麼！洗碗精跑哪去了！」

店長的視線轉向正在廚房洗盤子的阿克婭……

「不、不是的！我不小心碰到洗碗精，它就變成水了！不過你聽我說，由我這個水之女神來洗盤子，就算只用水洗也能讓盤子乾淨到發亮……！」

「秋刀魚之後是尼祿依德喔！就說這個世界的生物到底是怎麼回事，不要把地球人當笨蛋啊！」

「夠了——！你們兩個滿嘴都是莫名其妙的話，你們都被開除了！」

阿克婭聽到開除之後放聲大哭，我則是氣得揪住店長——！

【從頭來過的第三天】

站在讓我們兼職的蔬果店前，我對阿克婭說起不知道第幾次的注意事項。

「妳聽好了，阿克婭，我們今天的工作是銷售。這次絕對不能失敗。要是連這個工作也被開除的話，下一份工作只能去工地了。」

「只是賣東西而已，輕輕鬆鬆啦。別看我這樣，我對叫賣香蕉的工作很有自信喔。」

以前完全聽信阿克婭的話，將賣香蕉的工作交給她，她卻用神祕把戲把香蕉變不見。

「賣香蕉時別用讓商品消失的招數。那樣做會被解僱的。」

「你怎麼會知道我的拿手好戲？把香蕉縮小到奈米級別也是我的本領，賣東西的時候也不能用嗎？」

雖然我很想把她各方面的才藝全部好好欣賞一遍，但是這次當然要加以禁止。

接著阿克婭拿起一串香蕉大聲叫賣。

「歡迎歡迎！現在只需要三百艾莉絲，就能買到剛從河裡捕撈起來的新鮮香蕉！只要三百艾莉絲喔！來看看吧！」

「來看看吧！」

以前的我會覺得這段話充滿吐槽點，但是這次能從河裡捕撈的香蕉已經無法嚇到我。

我跟著阿克婭的吆喝聲一起大聲叫賣。

「……嗯？」

就在這時，我突然注意到有個熟悉的人望向我們，於是用力轉開自己的視線。

「來喔，現在只要三百艾莉絲！買兩串的話就能獲得雙倍的……你怎麼了，和真？好好工作啊。現在開始才是重頭戲耶。」

惠惠正在用有些冷淡的眼神望著我們。

「怎麼，你對那個女孩子有興趣嗎？……哎呀，那對紅色的眼睛是……」

「別看她，要是視線和她對上會纏上來的！聽好了，絕對不能和那傢伙扯上關係！」

話說我們是在什麼時候和那傢伙擦肩而過的？

算了，現在不是因為惠惠分心的時候。

「好，這就來展現我的實力吧。來吧，各位客人，接下來會舉辦猜拳大賽！這裡有一大堆香蕉，如果有人猜拳贏過我就能免費拿走！」

「欸，和真，真的可以答應客人這種事嗎？」

上次我因為相信阿克婭，結果這傢伙用神祕把戲讓香蕉變不見，導致我們因為沒了商品而被開除。

這次我要活用我的特長主導這次兼職賺大錢。

「放心交給我，因為我猜拳從來沒輸過。」

「你天生就擁有特殊能力嗎？你有這種能力就早點說嘛。要是你和我打賭時使用這種能力，我一定會大哭大鬧抗議喔。」

作為曾經被她哭哭啼啼抗議過的一方，我有種難以言喻的複雜感受。

「猜拳贏了就免費是真的嗎？」

「有意思，反正輸了也只需付三百艾莉絲，試試看吧。」

湊熱鬧的人們不知不覺聚集起來，我便趁此機會再次宣傳。

「當然不是騙人的！只要贏過我就免費！如果各位想要的話，選香蕉以外的商品來挑戰也可以！」

「喂，小兄弟，你真有自信啊！好，那我就用這個蘋果來挑戰！」

「我選這個洋蔥！另外我還要挑戰一串香蕉！」

店長的臉色本來隨著愈來愈多的客人顯得僵硬，然而每當我猜拳又贏了一局，他的臉色便會緩和一分。

看到香蕉和其他商品大賣特賣，笑得合不攏嘴的店長說道：

「我一開始還很擔心，想不到挺厲害的嘛。我會多給你一些薪水！」

「這點小事放心交給我，明天也會賣掉很多的！」

這就對了，這才是正確的異世界生活。

畢竟得去工地做粗工賺取買裝備的錢才奇怪。

先前在冒險者公會選擇職業時，櫃檯小姐曾經建議我去當商人比較實在，這次或許認真做生意向上爬也不錯——

「喔？你們好像在玩很有趣的遊戲呢。」

背後傳來熟悉的聲音，讓我的身體不由自主地抖了一下。

「哎呀，妳也想參加猜拳比賽嗎？只要贏過到現在都還沒輸過的和真先生，不管什麼商品都能免費拿走！來吧，如果妳的幸運值很高，不試試看就虧大了！」

「啊！說好嘍！要比幸運值的話，我有自信不會輸給任何人！」

不要啊，不能接受她的挑戰。

我為了阻止阿克婭，戰戰兢兢回過頭……

「那麼我要賭的商品是……啊！有松茸藏在店裡！還有角落的那個是哈密瓜吧！」

來者正是克莉絲。

我考慮到有可能發生意外，為了預防萬一事先藏起來的高級食材被她輕易發現了。

「抱歉啊，這位客人，其實我們差不多要打烊了。」

「等等，和真，你在說什麼傻話！要是能把松茸和哈密瓜都賣出去，我們的工資就會暴漲喔！這位盜賊也不會突然反悔吧？」

別說了，真的別再說了，形勢已經對我們很不利，不要再說這種話立起必敗的旗標！

「我當然不會退出！這位大姊是祭司嗎？那麼你們用上祝福魔法再來比也行喔！」

儘管克莉絲無畏地笑著開口，但是這句傲慢的發言將成為致命的敗因。

就算對手是幸運女神的化身，但是我的運氣也不比她差。

「阿克婭，麻煩對我使用祝福魔法。」

「咦？等等，和真，你是認真的嗎？我覺得這樣太不公平了。」

上次在我和人猜拳決勝負時，為我施加祝福魔法的阿克婭猶豫了。

……這次是從頭來過的故事。

雖然上次輸給了克莉絲……

「行啊，不管你們要用魔法還是其他手段都行！因為我猜拳從來沒有輸過！」

我鼓起幹勁，用力握緊拳頭，迎接這場雪恥之戰。

接受阿克婭的祝福魔法後，我對克莉絲露出無畏的笑容。

「我也一樣，猜拳從來沒輸過。」

為了擺脫那種糟糕透頂的生活，我舉起拳頭準備贏下這場比試——！

——今天是兼職工作的最後一天。

我們結束了工作，手裡拿著工頭給我們的薪水，往武器店走去。

「好，我們終於透過在土木工程兼職存夠了需要的錢。這麼一來終於可以去買基本的裝備，然後提升等級了。」

「雖然有點捨不得在工地兼職的工作，但是再繼續待下去的話，就沒辦法打倒魔王回去天界了。我們的冒險之旅終於要開始了呢！」

儘管我很清楚她口中的旅程根本沒有開始的一天，但是今天的我們已經來到命運的分歧點，是值得紀念的一天，別說這種掃興的話比較明智。

我們因為猜拳輸給克莉絲而被蔬果店開除，不得不依靠最終手段，也就是去土木工程兼職賺錢。

雖然依照目前看來整體過程和上次差不多，但是肯定還有扭轉局面的餘地。

「妳聽好了，阿克婭。我們明天得先湊齊裝備，然後利用棲息在阿克塞爾附近的巨型蟾蜍提升等級。以我們現在的實力，同時遇到兩隻以上就打不贏了，牠們是可怕的強敵，絕對不能掉以輕心。」

現在我的等級是一，本來就很弱小了，要是我們兩個同時面對兩隻以上，結果將是顯而易見。

今天的行程就完全比照上一次，明天再正式開始這次重頭來過的人生。

「哎呀呀，和真真是的，那種對手到底有什麼好怕的？就由我來教你一點知識吧，誰叫你是不了解這個世界常識的笨蛋。巨型蟾蜍呢，是這個新手的城鎮附近最受歡迎而且最弱的怪物喔。要是連那種對手都覺得難以應付，想打倒魔王是根本不可能的事喔。」

「妳口中的最弱怪物可是妳的天敵喔？妳要記住，打擊類的攻擊對蟾蜍無效。還有出事的時候不要四處亂逃，不然到時候會吸引其他蟾蜍的。」

阿克婭聽到我的忠告依然完全不放在心上，發出瞧不起人的笑聲。

算了，反正這傢伙有種特別受蟾蜍喜歡的特質，屆時應該能當個完美的誘餌。

還有，我要先去學鍛造技能。

之後還得想辦法認識維茲——

5

在公會裡，剛洗完澡的阿克婭塞了滿嘴的酥炸蟾蜍，同時開口：

「我知道了，只有我們兩個人打不過。還是招募夥伴吧！」

我們和上次一樣前往平原，過程也和上次一樣，接著結束任務回到公會。

這並不是我有意為之。

我已經提醒過阿克婭很多次了，結果她還是和上次一樣過於瞧不起蟾蜍，完全忘了我說過打擊類的攻擊無效，最後還是被蟾蜍吞了。

看來我還是高估了她的智力和運氣。

今天的成果是兩隻蟾蜍。

儘管報酬只有零用錢程度的小錢，但是多虧獲得的經驗值，我的等級上升了二。

「不，我們不招募夥伴。我要學的鍛造技能只需三點技能點就能學了。這樣算一算，只要再打倒一隻蟾蜍就能達成。」

「給我等一下，你的意思是又要我去當蟾蜍的誘餌嗎？」

阿克婭對我完美的計畫提出異議。

「對啊。」

「我不要！我再也不想被蟾蜍吞進嘴裡了！和真可能不知道，蟾蜍的嘴裡真的又腥又臭，而且還溫溫熱熱黏答答的喔！居然想讓女神去當誘餌，你會有報應的！」

阿克婭開始煩人地抱怨起來，於是我分了些酥炸蟾蜍讓她安靜下來，隨後回想之前在這之後發生了什麼事。

記得在這之後，我們會在明天張貼招募夥伴的廣告，然後惠惠就被吸引過來。此時的選擇將會大大影響今後的人生。

阿克婭確實經常引發問題，但是有將近四成的問題都是那傢伙搞出來的。

由於讓惠惠加入隊伍，連帶也讓達克妮絲加入，只要在此時阻止她加入，未來將會大不相同！

「別鬧了，再分妳一塊酥炸蟾蜍，妳只要再當一次誘餌就好。只是被蟾蜍吞一下而已，沒事的。結束之後妳想喝多少酒都可以。」

「你以為只要給我酒和酥炸蟾蜍就能說服我嗎？感覺你好像很習慣怎麼應付我了，真是讓人生氣。」

就在阿克婭用懷疑的眼神望著我，並從我的盤子搶走酥炸蟾蜍之時。

「不好意思，可以打擾一下嗎……？」

「不可以。」

某人突然在我身邊坐下，而我想也不想便直接拒絕。

「嗯、嗯嗯……！我能理解因為突然有初次見面的人找自己搭話，難免會懷有戒心。能

容我先寒暄一下嗎？」

「不用了。」

我再次立即拒絕後，坐在我身邊的變態臉頰羞紅，渾身顫抖。

沒錯，我們還沒貼出招募廣告就來搭訕的人，正是達克妮絲。

「等等，別這麼說。我剛才聽到……你們提到誘餌這個詞，還有被蟾蜍吞進嘴裡這些我不能當成沒聽到的話。」

這傢伙平常明明只是個廢柴騎士，怎麼偏偏這種時候耳朵這麼靈。

冷靜下來，現在不是慌張的時候，現在這種情況還是可以正常拒絕。

「那個，我們的隊伍——」

「妳聽我說！這個男人真的很過分！今天不僅沒能保護好弱小的我，讓我被蟾蜍吃了，而且明天還打算要我繼續當誘餌！」

「妳、妳說什麼！」

別說了，那是現在最不能說出口的話，我願意再分妳一塊酥炸蟾蜍！

「欸，阿克婭，我們今天打倒蟾蜍賺到錢了。喝杯酒慶祝初次任務成功怎麼樣？」

「和真真是的，說什麼傻話呀？只喝一杯根本不算喝酒吧。應該要大喝特喝！」

我拿酒當誘餌，成功轉移了阿克婭的注意力。

儘管是筆意外的支出，但是這也無可奈何，若是把這當成避免達克妮絲加入的必要花費的話倒是……

「好，那麼你們這桌就由我買單。然後雖然這麼說有些怪，不過能用這一餐請你們聽我說幾句話嗎？」

「真的嗎？好啊，穿著像是會說『唔，殺了我』的人！只要妳請我喝酒，不管是抱怨還是其他話題我都願意聽！」

事已至此，阿克婭的背叛讓我感受到進退兩難的處境。

「是、是嗎！哎呀，其實呢……就是你們的隊伍只有兩個人嗎？從剛才的談話聽起來，你們好像是在對付蟾蜍時陷入苦戰吧？」

「嗯，就是這樣。就是那些甚至有能力讓女神的力量失去作用，可怕又邪惡的蟾蜍。所以我提議再招募幾個夥伴，但是害羞的和真先生卻不願意。這也是隊裡有超級怕生的繭居尼特的壞處呢。」

誰是繭居尼特啊，我可是能和人好好對話的高階尼特——不，不對。

冷靜下來，佐藤和真，冷靜思考。

「對，就是這個！我的名字是達克妮絲。職業是十字騎士。我現在以阿克塞爾這座城鎮為基地進行冒險者活動。」

達克妮絲在我們的隊裡，平時是最正常的一個人。

話說只要不涉及她的性癖，那麼她就是唯一能正常對話的人。

「聽說你們需要一個人充當蟾蜍的誘餌。於是我覺得這是擅長守護的十字騎士派上用場的時刻……怎麼樣？能讓我加入隊伍嗎？」

既然如此，只要好好跟她說清楚就算暫時組成隊伍，我學會鍛造技能之後就會辭掉冒險者的工作改行當商人，這麼一來到時候解散隊伍……

「我聽到你們的談話了。」

……說我的幸運值很高，絕對是搞錯什麼了。

惠惠偏偏就在我回答達克妮絲之前跑來插一腳。

怎麼連妳也來了，按照上次的流程，不是應該等明天張貼招募廣告之後才會加入嗎！

「吾乃惠惠！職業乃大魔法師，使用的乃是最強之攻擊魔法，爆裂魔法……！」

「真厲害！從那雙紅色的眼睛來看，應該是紅魔族吧！惠惠小姐居然會用爆裂魔法，實在太可靠了！還有呢？妳還會用什麼魔法？」

我搶先在惠惠說完以前打斷她的發言，滔滔不絕地開口。

我對妳的技能瞭若指掌，怎麼可能在這時被妳牽著鼻子走！

「……只、只有愚者才會對真正夥伴以外的人透露自己的底牌。現在彼此都還沒有自我介紹，說這些不會有些太急嗎？」

聽到眼神游移的惠惠這番話，阿克婭和達克妮絲都露出「原來如此，這傢伙不錯……」的表情深深點頭。

這傢伙平時滿腦子都是爆裂魔法，只有在這種時候才會動腦。

「和真先生和真先生，有上級職業的十字騎士和大魔法師上鉤了！！我們絕對不能放過她們兩個！」

現在的情況對我來說才是絕對不該發生的，但是我還沒有放棄。

話說回來，達克妮絲就算了，怎麼連惠惠也被吸引過來了？這個流程太奇怪了吧。

畢竟我們到現在為止的對話裡，應該沒有任何詞彙能夠觸動她的心弦……

「話說回來，我剛才聽到這位十字騎士大姊說會買單。其實我已經兩天沒吃任何東西了，雖然這個請求很厚臉皮，如果可以的話，可以請我吃點東西嗎……？」

可惡啊——！

「——啊！」

當我回過神來，發現自己身在維茲的魔道具店裡。

感受到右手指尖有點熱便看了過去，只見一根燃盡的火柴。

「啊！喂，狡猾尼特居然搶先用掉火柴了！火柴本來就只有三根，都怪你隨便亂用，害我們不夠用了！」

「就是說啊，就因為你做出這種事，害得我們只能靠桌遊決鬥決定誰來使用。接下來就請已經用掉一根火柴的和真擔任裁判。」

似乎是注意到我回過神來，圍著桌遊的其中兩人向我抗議。

「唔唔唔……如果我移動到這裡，就可以靠傳送逃跑，但是也不能無視大魔法師的存在，實在很棘手……」

就在達克妮絲獨自盯著棋盤陷入沉思時，我抓住阿克婭的肩膀。

「妳這傢伙為什麼要挑釁我！還有為什麼惠惠那麼窮！拜託妳努力生活行不行！」

「為什麼你一回過神來就突然發脾氣啦！這個愛說教的尼特！那是別的世界的我，為什麼要責怪我啊！」

「就是說啊，我這麼窮給你帶來什麼困擾了嗎？吾乃驕傲的紅魔族，掌控家計的惠惠！你以為這個隊伍的帳本是誰在管理的啊，給我好好道謝，感謝我平常的付出！」

我抱著頭對惠惠致上自己的謝意。

「確實是啦，謝謝妳平常的付出！我真的很感謝妳費心買便宜的食材，確實很令人感激！不過我要說的不是這個，我的問題是明明從頭來過，卻根本沒有任何改變啊！」

「嗯——要是把十字騎士移到這裡，就會進入大魔法師的射程範圍……惠惠的大魔法師真的很討厭……」

我靠近獨自置身局外的達克妮絲。

「Explosion——！」

「啊啊啊啊啊！和真，你突然幹什麼啊！你又不是參賽者，不能用爆裂魔法規則！」

達克妮絲對掀翻棋盤的我大發雷霆。

「少囉唆！這個大小姐！居然隨便請初次見面的我們吃飯，還真是謝謝妳！」

「咦咦！不、不客氣……？」

可惡，難得能夠重頭來過，結果卻和現在沒有什麼兩樣，這也太奇怪了吧。

我的視線落在手裡的火柴盒上。

「判定達克妮絲放棄對戰，所以使用火柴的權利就歸我和阿克婭了。玩家在思考時也要保護好棋盤，這就是規則。」

「等、等一下，我可不知道這條規則！要是真有這條規則，規則書裡應該有寫……」

「哎呀，規則書裡真的有寫……不過這個字跡好像惠惠的字。」

我拿出一根火柴，毫不猶豫地點燃。

「「「又來了！」」」

6

在一個全白的房間裡，突然有人對我這麼說。

「佐藤和真先生，歡迎來到死後的世界。不久之前，您已經不幸喪生了。雖然短暫，您的生命已經結束了。」

阿克婭用認真的神情對我說出這些話，我隨即搶在她之前開口：

「原來如此，我明白了女神大人。我前世有玩過遊戲也看過漫畫，還讀過異世界題材的輕小說。所以接下來您應該會照例給我外掛，要我去打倒魔王對吧？」

我直接將後續的步驟說出口，阿克婭訝異到張大嘴巴。

阿克婭僵在原地一會兒，用疑惑的眼神望著我。

「看來這次來的人非常理解自己的處境呢。接下來確實要對你說這些事，但是我都還沒有自我介紹，你怎麼會知道我是女神呢？」

聽到阿克婭提出的疑問，我深深地反覆自我暗示。

「我一看就知道了。像您這麼美麗，怎麼可能是普通的人類呢？這就是所謂的非凡的美貌吧。如果您不是女神，還能是什麼人呢？」

我暗示眼前的人是女神，這才好不容易忍受自己說出這番口是心非的話。

沒錯，只要她表現得夠沉穩，至少外表看起來是女神。

我要盡我所能恭維她，藉此避免她做出挑釁的舉動。

儘管她擺出成熟的態度會讓我很火大，但即使是我這種擁有鋼鐵忍耐力的人，也不知道自己是否能忍住她的嘲諷。

現在就捏造一些我從來不曾想過的事，用花言巧語哄騙阿克婭——！

「……那個，抱歉嘍。」

…………？

「您怎麼道歉了？呃，女神大人，您是什麼意思？」

不是，為什麼她會在這種情況向我道歉？

我都已經省去她說明的麻煩了，這時候不是應該趕緊給我外掛嗎？

「那個啊……我確實是既美麗又可愛而且麗質非凡的水之女神，但是我沒辦法以異性的眼光看待身為人類的你。」

「……啥？」

出乎意料的發言使我不禁發出原本的聲音。

「所以道歉就是這麼一回事。有時確實會有轉生者一見到我就被迷得暈頭轉向喔。之前也有個叫圓劍的男孩子，一看到我就雙眼放光，我還記得很清楚喔。而且……」

阿克婭倒在椅子上，對著腦袋跟不上變化的我放聲大笑。

「而、而且……！啊哈哈哈哈哈哈哈！像你這種死法有趣到不行的御宅尼特居然迷上我這個女神，實在太沒有自知之明了！啊哈哈哈哈哈哈！啊哈哈哈哈哈哈哈！噗哧！超好笑的——！」

…………………

「……嗚、嗚嗚……我被抓走了……被迷上我美貌的骯髒尼特抓到異世界……」

我那鋼鐵般的忍耐力連十秒鐘都撐不過去。

我不顧嚎啕大哭的阿克婭，環望四周。

上次達克妮絲出現在意想不到的局面，甚至在我們叫賣香蕉的時候，也差點和惠惠有所交集。

這次我要主動避開那些她們可能出現的地方。

這麼一來，這次一定能改變未來……！

——此時有輛馬車經過我們身旁，我和坐在裡面，無精打采望著這邊的惠惠四目相對。

「真的假的，居然這麼早就遇見了。」

「遇見什麼？你突然說些什麼啊？」

儘管我和惠惠只有對視一瞬間，但是百無聊賴地將目光從我們身上移開的惠惠，不知為何讓我感到有些煩躁。

對了，我記得惠惠來到這座城鎮後，沒有任何隊伍願意讓她加入，最後才會在餓肚子的時候被我們的隊伍所吸引。

既然如此，身為魔法師菁英集團一分子的她，在剛來到這座城市的時候，應該充滿了毫無來由的自信。

那傢伙接下來應該會加入許多臨時隊伍，經歷各種挫折……咦？不對，等等喔？

「喂，阿克婭，我想到一個好主意。」

「怎麼可以突然直呼我的名字，真是隨便。我知道你想要拉近與心儀對象之間的距離，但還是要循序漸進。一開始得先叫我阿克婭大人，有所進展才能稱呼我為阿克婭小姐。」

阿克婭不滿地鼓著臉頰站了起來，於是我實現了她的心願。

「我明白了，沒用女神大人。等到有所進展就叫妳沒用女神小姐。」

「既然我們是一起來到異世界的夥伴，直接叫我阿克婭就行了。」

我一面在腦中思考，一面和迅速拉近關係的阿克婭一起朝公會走去。

話說我需要的只是提升等級，為的是獲得鍛造技能。

既然如此，那麼根本沒必要特地去做兼職工作，來存買裝備的錢吧？

沒錯，惠惠接下來會加入臨時隊伍。

那麼我們就效仿她加入臨時隊伍，請人幫助我們升級。

當然了，照理說那麼好的事根本不會發生在我們身上，沒有人會幫我們。

不過要是我發布任務，請人協助我們兩個新人冒險者升級呢？

「真的假的……喂，阿克婭，妳可以高興一下了！雖然之前變成總是馬上和人借錢的遊手好閒酗酒尼特，但是妳派上用場的時候終於到了！」

「喂，雖然我根本聽不懂你在說什麼，但是我很清楚這個剛認識的尼特在挑釁我。女神的拳頭可是很痛的喔，你給我跪坐在那邊好好反省。」

在目前這個階段，還沒有任何人知道這傢伙是顆不定時炸彈。

只要肯出錢，將來和我關係良好的酒友當中，肯定會有幾個人願意幫忙我們升級。

至於最關鍵的委託費用……！

沒錯，或許根本沒有必要付錢！

阿克婭使用的強效治療魔法，甚至能完美治癒身體的頑疾，不過依照原本的流程，阿克婭那天是因為缺錢喝酒，才會擅自治癒某個冒險者的舊傷，然後向對方敲詐酒錢。

那名冒險者長年以來無法動彈的膝蓋被阿克婭治好，後來非常感謝她，甚至還改信阿克西斯教……

阿克婭治療冒險者那件事，原本會在半年左右以後才發生，不過我們沒有必要特地等到那個時候。

如果能儘快治好對方的膝蓋，他不僅會很開心，我們也能得到他的幫助。可以，這樣一定行得通……

「好痛！妳幹嘛突然打人啊，可惡的沒用女神！要是我沒有想到這個好主意，妳就要被遣返回天界嘍！」

「嗯？？？？明明是你挑釁我的，為什麼我還要挨罵呀！」

我帶著突然給我的肚子一拳的暴力女神，再次前往公會。

——我和阿克婭依照先前的流程，順利獲得冒險者卡。

「阿克婭，妳看那邊那個大叔。雖然他坐在那邊看起來很正常，其實他因為以前膝蓋中箭而留下舊傷，腿似乎不太能動。」

「……欸，你明明才剛來這個世界不久，怎麼會知道這種事？而且就連冒險者公會的位置也知道，好像怪怪的耶？」

這傢伙平時明明很遲鈍，真的是只有在沒必要的時候特別敏銳。

「像我這種遊戲玩家自然會知道公會大概在什麼地方。遊戲裡的城鎮地圖大致上都差不多吧。至於為什麼我會知道他有舊傷，原因就在他看起來很像是個老手，卻還是留在新手城鎮的緣故。」

「原來如此，不愧是繭居尼特加上遊戲宅，對於這方面真的很敏銳呢。好啊，你要我去幫他治療舊傷，然後請他幫忙提升你的等級吧？治療傷勢確實很符合女神的形象，這個主意不錯！」

阿克婭邁著輕快的步伐，走向我所指示的大叔面前。

正在喝酒的大叔見到靠近自己的阿克婭後抬起頭來，好奇她找自己有什麼事……

「汝聽好了，與魔王軍一戰時膝蓋中箭，身為高等冒險者卻隱居在阿克塞爾之人啊。就由身為水之女神的我，治癒你的傷勢吧……！」

「咦？不用了，感覺有點可疑，還是算了。」

……………

「喂，我都說要幫你治療了，乖乖讓我看你的腳！還有你得崇拜我！還得改信阿克西斯教！」

「果然可疑得不得了！我不曉得妳是怎麼知道我膝蓋的事，不過如果妳是來傳教的，那就不必了！」

阿克婭被大叔趕走之後，邁著沉重的步伐回來了。

「他拒絕讓我治療。」

「妳的阿克西斯教氣息太明顯了。本來還以為會是好主意……」

事情果然不會那麼順利。

沒辦法，只能在備妥裝備之前腳踏實地去做兼職工作了……

「好，那麼明天就去工地打工吧。」

「這也太突然了，莫名其妙！先解釋一下為什麼是去工地！」

7

在那之後又過了幾天。

土木工程的工作也已經得心應手，工頭甚至問我要不要成為正職員工。

嗯，畢竟這個兼職工作我已經做過很多次，算得上是老手了。

多虧於此，我也得到更多薪水，湊齊裝備的時間比以前縮短了好幾天。

「我的等級只有一，對我來說只要打敗三隻蟾蜍就能學鍛造技能，所以我們要在今天達成這個目標。」

「你說的蟾蜍，是這座城鎮最常狩獵的弱小怪物吧？既然有我這個女神，三隻未免也太少了，我們多打幾隻吧。」

依照原來的流程，我們會在打敗兩隻蟾蜍之後放棄，回到城鎮。

不過這次我決定稍微勉強一點，一口氣把等級提升到四。

我和阿克婭來到平時常來的那座平原，開始尋找蟾蜍……

——接著便目睹早已司空見慣，威力驚人的爆炸。

由於裝備比上一次還更早備妥，所以我們首次狩獵蟾蜍的日子也提前了。

這是怎麼回事？難道是因為這樣，導致在城外遇到她的機率變高了嗎？

阿克婭在現階段對於爆裂魔法幾乎沒有抵抗力，似乎感到很害怕。

「欸，我們還是回去吧？我覺得今天不是好日子。」

「剛才那個爆炸是爆裂魔法造成的。那是這座城市的日常風景，別害怕。」

我的發言讓阿克婭停下腳步。

「……我在工地打工時就一直很好奇，那些爆炸到底是誰造成的？為什麼城鎮裡的大人物不去阻止呢？」

「引發爆炸的是個腦袋有點問題的女孩子。城鎮裡的大人物大概也不想和她扯上任何關係吧……話說到處都沒看到蟾蜍耶？」

平時明明經常遇到，今天竟然一隻蟾蜍都沒有。

話說就連冒險者的身影也不多，難道是出現了什麼強大的怪物嗎？

……就在這時，我們看到冒險者公會的職員們扛著許多擔架跑向平原。

看來是某個冒險者隊伍遭遇強敵，經歷過一場激烈的戰鬥。

那麼我們只要在城鎮的正門等待，應該就能等到那些職員用擔架把冒險者們搬回來。

「阿克婭，我們今天先回城鎮吧。這樣就能遇上那些被運回來的傷患。到時候只要妳為那些受傷的冒險者治療……」

「然後就能依照和真先生之前說的計畫，幫人治療讓他們心懷感激，接著請他們幫忙我們升級吧！」

這樣就不需要把阿克婭當作誘餌，還能安全地提升等級。

此外那些傷勢嚴重到需要用到擔架的冒險者也能獲得治癒，這是個大家都能得到幸福的絕妙計畫！

「有時候會懷疑我的幸運值是否沒有發揮效果，不過看來今天難得派上用場了。接下來只要學會鍛造技能——」

我的話才說到一半，頓時意識到自己的幸運值完全沒有發揮效果。

「只要治癒那些人就好了吧！原來如此，他們確實受了重傷。不過只有一個女孩子看起來沒有受傷，是因為魔力耗盡所以動不了嗎？」

用擔架運回來的人正是惠惠。

準確來說，惠惠是因為耗盡魔力所以動彈不得，混在負傷冒險者隊伍裡運回來的。

「阿克婭，還是先等——」

「那邊的冒險者，你們需要回復魔法嗎？現在可以算你們便宜一點喔！」

我正打算阻止阿克婭，但是她已經搶先一步向冒險者隊伍搭話。

公會職員和受傷的人似乎注意到阿克婭是大祭司。

「是大祭司阿克婭小姐！那麼能夠麻煩妳嗎？這些人剛才為大家打敗了強大的惡魔。治療費用將由公會承擔！」

「大敗惡魔真是偉大的壯舉！不過我不要你們的錢。我想請你們稍微幫我們提升等級，

當成治療這些人的費用。」

如此說道的阿克婭對他們施放治療魔法，用擔架運過來的冒險者們因為治療效果而睜大眼睛，驚訝地離開擔架。

糟糕，情況不停朝著不好的方向發展。

不，現在放棄還太早，現在的惠惠是這個隊伍的一員，既然如此應該不會產生加入我們隊伍的念頭！

「這點小事完全沒問題！妳為我們治好那麼嚴重的傷，就讓我們幫你們把等級衝到十級左右吧！」

擔任隊長的青年爽快地答應，其他隊伍成員也深深點頭表示同意。

「幫忙提升等級嗎？也就是說你們是新人冒險者吧。」

惠惠有氣無力地挺起身子低語。

搖搖晃晃的惠惠望著我，嘴角浮現一抹微笑。

「看起來你們還缺一個魔法師啊。呵呵呵……你們真是太幸運了。嗯，那邊那個人的幸運值一定很高吧！」

不要啊，拜託妳別在這種時候說出奇怪的話。我的幸運值啊，求求你發揮效果吧！

然而我的祈禱沒有任何作用，惠惠猛力揮動斗篷，高聲報上自己的名字。

「吾乃惠惠！職業乃大魔法師，使用的乃是最強之攻擊魔法，爆裂魔法……！時機正巧，我剛好是自由身。只要我加入隊伍，提升等級簡直易如反掌！」

「妳說爆裂魔法！和真太好了，我們隊上多了可靠的成員！」

「為什麼啊！妳不是和那些人一隊嗎！」

出乎預料的變化讓我不禁開口吐槽，惠惠聞言疑惑地偏頭回答：

「那些人是和某個沒朋友的女孩子一起戰鬥的人，冒險者公會的職員會帶擔架過來，也是她叫來的。話說公會職員都來了，就只有她沒有回來，該不會是在某個地方精疲力盡倒下了吧？……算了，這只是不重要的小事。」

不不不，怎麼會是不重要的小事。妳說的人是芸芸吧，關心一下啊。

「我今後應該會因為使用爆裂魔法擊敗大惡魔而聲名大噪，可以預見會有很多隊伍搶著要我……不過其實我也是個新手冒險者。你們兩個年紀看起來和我差不多，也同樣是新手，相處起來應該會比較輕鬆吧？」

「恕我拒絕。」

……………

「來吧，少年，握住我的手吧！如此一來便能獲得擊敗任何敵人的強大力量——！」

「——可惡啊啊啊啊啊啊啊啊啊！」

「「「唔！」」」

我在魔道具店裡回過神來的同時，用盡全力放聲大吼。

「喂，突然吵什麼啊，小偷尼特！居然自己用掉兩根火柴，給我向達克妮絲道歉！」

「沒錯，請看達克妮絲現在的樣子！要是我們能夠打從一開始好好商量，就不會發生這種事了！」

我在阿克婭和惠惠的指責下望向達克妮絲，發現她的嘴被塞住說不出話來，臉頰泛紅，整個人都被綁起來倒在地上。

儘管很好奇為什麼會變成這樣，但是看她似乎有點幸福的模樣，還是別多問了。

沒錯，我還有更重要的事——！

「妳這傢伙平常滿腦子都是爆裂魔法，只有在不該用腦的時候才會歪腦筋動得很快！妳難道不懂被拒絕之後就應該放棄嗎！」

「為、為什麼我得被罵啊！根本聽不懂你在說什麼，請去對另一個世界的我說！」

被我拒絕加入隊伍的惠惠，由於原先利用打敗惡魔的功績大受追捧的預期落空，沒了後路之後便對我們使出謀略。

首先攻陷最好騙的阿克婭，強行加入我們的隊伍幫助我們提升等級，之後毫不猶豫地讓自己被蟾蜍吞下，再利用黏答答的身體在大街上威脅我。

是的，到了那個時間點，情況變得幾乎和原先一模一樣，之後達克妮絲也目擊惠惠黏答答的身體——

「來吧，惠惠，我們這次要決定誰來使用火柴！但是不用桌遊，因為妳會作弊。」

「只要不被發現，作弊就不算是作弊。達克妮絲發現規則書遭到竄改，很不幸地被綁起來了。而且阿克婭也有幫我制服她，所以剛才的作弊不算數。」

她們在我的意識脫離現實時做了些不得了的事，此時的她們就像是不可妥協的對手，雙雙站了起來。

我注意到阿克婭手中的火柴，那應該是我先前拿在手裡，在我沒有意識時被她拿走的。

「幫妳把達克妮絲綁起來，只是為了讓一個人出局而已。只要達克妮絲出局，情況就對我這個能夠打近身戰的大祭司有利！」

「喔？我的心願可是被人稱為打架王惠惠喔，妳居然想靠力量和我一決勝負？可以！我在紅魔之里也有上過近戰格鬥的課程，現在就讓妳見識我的力——」

我在惠惠的話還沒說完之前就伸出一隻手。

「『Steal』。」

「「啊！」」

我從阿克婭手中奪走火柴，毫不猶豫地點燃。

「「喂！」」

8

在一個全白的房間裡，突然有人對我這麼說。

「佐藤和真先生，歡迎來到死後的世界。不久之前，您已經不幸喪生了。雖然短暫，您的——」

「妳想說我的生命已經結束了吧，我早就記住了！這已經是我最後一次機會，居然讓我重來這麼多次，別再浪費我時間了，這個沒用女神！」

我沒有讓她說到最後，搶先說完她的關鍵台詞。

阿克婭可能是完全沒有想到會被搶台詞，嘴巴一開一合地說道：

「哇……哇啊啊啊啊啊啊！突然說些什麼啊，失禁尼特！你這個死法超搞笑的傢伙，憑什麼稱呼我這個偉大的女神為沒用女神！」

「少囉唆——夠了，快把外掛交出來！妳接下來要把我送到異世界，目的是打倒魔王吧？我要選『魔劍雷瓦汀』這個外掛道具！」

我在點燃最後一根火柴時，對自己發誓這次絕對不要出錯。

這次我將動用所有的知識，以最快、最有效率的方式崛起。

沒錯，就像是遊戲領域當中所說的競速破關。

「……你是不是漫畫和動畫看太多了？我不知道你說的外掛是什麼。你這個稱我為沒用女神的人，就這樣雙手空空去異世界吧。」

……啥？

「喂，沒用女神，本人是能看透未來的和真，我在此聲明妳最好不要惹我生氣，否則妳將會超級後悔。」

「你能對女神做什麼？你才應該說『對不起女神大人，我是不但嚇到失禁，還因此休克而死的御宅尼特』向我道歉才對。等你道歉之後，要我給你外掛也不是不行喔。」

這傢伙，完全就是瞧不起我。

不，要冷靜，佐藤和真，你應該是能夠忍耐的男人。

早已經決定要用最快、最有效率的方式向前衝了。

「好了，道歉！快點向我道歉！不然的話，我就給你『無條件被大叔愛慕的能力』然後把你丟出去！」

「對不起女神大人，我是不但嚇到失禁，還因此休克而死的御宅尼特。」

在我咬牙切齒拚命忍耐，以毫無感情的語氣道歉之後，阿克婭放聲大笑。

沒問題，我還能忍。

想想把這傢伙當成夥伴之後的人生。

上次不就很糟糕嗎？居然被這傢伙誤會自己喜歡她喔。

和那次相比，這點挑釁我還能忍！

「噗——！既然你都說到這個地步，那就沒辦法了，我會好好把外掛交給你的。你想要的是『魔劍雷瓦汀』吧？」

阿克婭以得意忘形的表情，裝模作樣對我說道。

回到原本的世界以後，絕對要報復她本人。

「是的，請賜予我這個可憐的尼特神器。」

「唔呵呵呵，剛才明明還那麼囂張的模樣，現在居然這麼低聲下氣！欸，你現在感覺怎麼樣？這下子明白反抗神明會有什麼後果了吧？」

可惡，為什麼這傢伙會讓人這麼想狠狠教訓她一頓？

……於是只有挑釁人的才能特別優異的阿克婭，似乎終於厭煩嘲笑我，把手伸進空無一物的空間，摸出某個東西。

看來她終於要把外掛道具交給我了，我還是第一次見到這個場景。

即將得到心心念念的外掛道具，我的心瞬間變得火熱……！

「來，收好了。這就是你想要的神器『魔劍雷瓦汀』喔！」

阿克婭雖然說得一本正經，卻遞給我一把馬桶刷——

——我帶著嚎啕大哭的阿克婭在公會登錄完畢，兩人一起走到某個男人身邊。

「好，現在使用女神的力量！」

「『Sacred Highness Heal』！」

阿克婭施放的回復魔法，包住膝蓋曾經中箭的大叔。

「喂！妳突然做什……喔喔？」

挨了魔法的大叔訝異地動了一下腳，表情漸漸有所變化。

他的表情很快從一開始的難以置信，變成皺在一起的哭臉。

「不好意思在你高興時打擾你，其實我們有事想請你幫忙。我想要提升我的等級，提升的等級不多，只要三級就好。」

「可、可以……當然可以！如果只是這樣的話我很樂意！話說妳居然能輕鬆治好我的傷，妳究竟……」

大叔欣然答應幫我提升等級後，抬頭望向阿克婭低聲問道。

阿克婭聽到他的疑問之後得意回答：

「我是阿克婭。在那個尼特的強烈要求之下成為他的外掛，降臨這個世界打倒魔王的水之女神，阿克婭！」

雖然我不記得說過想要她，但是見到大叔感動的模樣，現在就忍一下吧。

「女神阿克婭大人……難、難道是本尊嗎……？不，怎麼會有這麼誇張的事……那、那麼我們現在就去提升等級吧？我也想確認一下膝蓋痊癒之後的狀況……」

這次重頭來過的進展得非常順利。

我們當然不可能拒絕大叔的提議，來到異世界的當天就成功將等級提升到四──

【重頭來過第二天】

我們熟悉的馬廄……並不是。

大叔堅稱僅僅幫我們提升等級還不足以償還恩情，因此出錢讓我和阿克婭住旅館。

到目前為止，除了外掛變成阿克婭以外，其他事情都很順利。

我每次都被逼著選阿克婭，她有可能是某種絕對不能捨棄的詛咒道具。

今天的目標是學會鍛造技能，還有確保製作打火機的材料。

幸運的是，膝蓋中箭的大叔還給了我們能用上一段時間的生活費。

他說那筆錢是捐給阿克婭大人，在這次重來的人生裡，他似乎順利改信阿克西斯教，真是太好了。

……不對，這樣真的好嗎？

「你的表情怎麼這麼奇怪？昨天真是讓人受不了。短時間內不想狩獵蟾蜍了。」

由於昨天大叔輕易便將蟾蜍逼到瀕死狀態，使得阿克婭產生她也能輕鬆解決的錯覺，隨後就被蟾蜍吞食。

不管重來多少次都會被吞食，難道這是什麼必定要達成的事件嗎？

「接下來一段時間不接任務，專心賺錢。我要先學鍛造技能，之後再去某個貧窮店長的魔道具店確保銷售渠道。買足材料以後，我會專心製作打火機。」

「雖然我不曉得你怎麼會那麼精明，但是我明白了。話說雖然不曉得你說的那個人是誰，但是如果你當面稱呼對方為貧窮店長的話，會惹人生氣喔。」

我倒是更擔心妳會不會突然襲擊那個貧窮店長。

——我們一踏進店門，阿克婭便高聲喊道：

「『Turn Undead』——！」

「啊啊啊啊啊啊啊啊啊啊啊啊！」

「住、住手！我已經提醒過妳那麼多次了，為什麼還要施放魔法啊！」

我們在進入店裡之前，為了預防萬一又提醒了一次。

我對著看起來隨時都有可能消失的維茲伸出一隻手。

「隨時都可能消失的店長！妳會用『Drain Touch』吧！給妳吸我的魔力和體力，就當成是同伴對妳造成麻煩的賠償，但是不要把我吸死了！」

「啊啊……以前的夥伴在河對岸……」

維茲輕輕閉上眼睛，口中喃喃說著令人不安的話語，我連忙用雙手抓著她的右手。

「喂，妳聽得到嗎？用『Drain Touch』！不過拜託千萬不要把我吸到死！」

「Drain……Touch……」

維茲似乎已經幾乎沒有意識，只是如此細聲低語。

她可能是理解了我的意圖，可以感覺到魔力和體力被她緩緩吸走。

「喂，和真，你在做什麼！那個女人是巫妖喔，快點把手拿開！」

「店長雖然是巫妖沒錯，但是並非什麼壞人！妳先離遠一點！妳光是待在這邊就會讓店長受傷！」

——儘管一見面就發生如此嚴重的意外，但是等到維茲好不容易恢復之後，我還是跟她進行商量，並小心不讓自己看起來太過可疑。

「所、所以你的意思是……要是不想被阿克婭大人淨化，就必須買下你拿來的商品吧。我明白了，畢竟生命無法取代。我會想辦法賺錢，每個月一定會買下你的商品……」

「不是的，我跟妳商量的事跟黑道收取保護費完全不一樣！我給妳的是真的能夠大賣的商品！」

可惡！初次見面就這麼難應對！

原本遇見維茲的時間點應該是在更久以後，而且與她相遇的地點是墓地。

確實如果以冷靜的客觀視點來看，目前的情況怎麼樣都像是黑道勒索的手法。

「店長，請妳一定要相信我！這個絕對能夠賺大錢！因為店長是特別的，所以我才會告訴妳，這是真的能賺大錢的生意！」

「欸，和真，現在的你看起來像是在推銷投資的詐騙犯喔。」

可惡，怎麼會變成這樣——！

9

「和真先生，這些是今天的銷售收入！感謝你平常的關照！」

「不，該道謝的人是我才對，維茲。每天都在做打火機，我已經膩了，看來差不多該推出下一款商品了。」

打火機大賣特賣，由於我知曉未來發生的事，這也是理所當然。

在那之後過了一段時間，維茲現在已經完全成了我的忠實顧客。

要是沒有某個在我背後以野獸般的眼神威嚇的女神，我們之間的關係應該早已變得十分要好，甚至到了原本流程那時的程度。

「對了，之前跟妳提的事怎麼樣？我們能用那個條件入住嗎？」

我對害怕得直打顫的維茲詢問之前拜託她的事。

「啊，你是說那棟豪宅嗎！嗯，房東很爽快地答應了。他還反問我是否真的不介意那是傳說有幽靈少女出沒的鬼屋……」

我拜託她的事，就是我們當成據點的那棟豪宅。

如果依照原本的流程，是因為阿克婭幹的好事才把那棟房子變成鬼屋，然後經由她驅鬼才得以免費住進去，不過那種自導自演的做法是不好的。

「那棟豪宅裡的鬼魂並不是壞孩子吧？那就沒什麼好擔心的。只要偶爾和她聊聊冒險故事還有幫忙打掃墓地就能用特別便宜的價格入住，我們才應該心存感激。」

「你怎麼會那麼理解那孩子的情況……啊，因為有阿克婭大人，所以才能看透一切吧。好的，房東已經把鑰匙交給我了，還請收下！」

雖然比原本的流程早上不少，但是這麼一來就得到熟悉的據點。

接下來就是盡情賺錢並且累積資金，準備用於擊退毀滅者。

直到目前為止真的都很順利——

我一手拿著剛拿到的鑰匙，和阿克婭一起前往豪宅。

「你真是太厲害了，和真先生！沒有任何外掛居然能住進這種豪宅，前世為什麼會是繭居尼特啊！」

「我又不是因為喜歡才當尼特的，不論誰的心中都會有陰影。」

我和阿克婭迅速分配好房間後，一起前往街上購買家具。

順便去公會露個臉，然後在那裡解決今天的晚餐吧。

「話說回來，這次重頭來過真是和平啊。不需要每天做苦工到肌肉痠痛，也不用在馬廄裡和人搶稻草。就連妳只要有酒喝的話就會老老實實的。原來依據流程不同，也能體會到這種未來。」

「感覺好像被你稍微嘲諷了一下，不過只要有酒喝我就會老實這點確實沒錯。所以，你

明白我想說什麼吧？」

看來這傢伙今天也想喝昂貴的好酒。

現在對我來說，這傢伙就像是每次重頭來過都會緊跟著我的詛咒神器。

——當我推開冒險者公會的大門，發現裡頭不知為何充滿緊張的氣氛。

「你聽說了嗎？據說就連御劍都被那傢伙幹掉了。」

「真的假的。說到御劍，不就是這座城鎮的最強隊伍嗎？」

我好像聽到他們在議論一個耳熟的名字，看來是某個強大的冒險者被打倒了。

由於這段時間我們日以繼夜忙著製作打火機，完全沒來公會露臉，所以對於這場騷動的來龍去脈一無所知。

「欸，和真，快點進去吧。我想快點喝酒！」

因為我站在入口，阿克婭被我擋在門前。

……看樣子今天冒險者公會的氣氛不太適合喝酒。

「我們今天就去別間店喝吧。裡面看起來好像很忙。」

「喔——？沒關係，我只要能喝酒就好，去哪裡都行。其實有家店我有點想去。就是在那邊的小巷子裡面，一間看起來人不多的酒吧。」

「那家店是以敲詐客人聞名的店喔。要是妳去那裡，我能預見妳一定會和店長起爭執。我有家熟悉的店，去那間吧。」

雖說是熟悉的店，不過這次重頭來過還是第一次去。

——在那之後。

「聽說這座城鎮裡有一名超漂亮而且非常厲害的大祭司！她肯定有能力對抗那個傢伙，快找快找！」

「厲害的美女大祭司在哪裡！我已經找遍所有教堂了，就是找不到類似的人！」

酒吧外面傳來急忙的腳步聲以及說話聲。

聽到厲害的美女大祭司這幾個字，讓我也想動身去找人，然而現在光是照顧身邊這個喝個爛醉對著椅子說話的遺憾祭司就忙不過來了。

話說公會那邊似乎鬧得很厲害，那兩個人應該沒事吧。

心中閃過一絲猶豫，想著是否應該帶阿克婭去幫忙。如果照原本的流程，這場騷動應該是在我們做兼職工作時解決的，現在可能反倒是靜觀其變，不要做多餘的事比較好。

……話雖如此，偶爾還是去公會露個臉，定期看一下狀況吧。

「欸，你有在聽我說話嗎？我可是水之女神，要是你不認真聽我說話，我就要淨化你的酒嘍。」

我看著阿克婭出手淨化放在椅子上的花瓶裡的水，在心裡下定決心，去公會確認情況時要把這傢伙留在家裡。

——重頭來過以後大概過了一個月。

我來到冒險者公會傾聽周圍的聲音。

自從那場騷動之後，我便不時會來公會露臉，就在不久之前，聽說在阿克塞爾附近出沒的強大惡魔被人擊敗了。

上次見到魔力耗盡的惠惠被人用擔架抬走，看來那件事和她也有關。

惠惠可能是認為打倒惡魔之後，會有許多隊伍爭相找她加入，因此靜靜待在招募隊員的公告欄前閉目冥想。

看來她打算以了不起的大人物之姿等著邀約，但是她所待的地方十分不合適，所以顯得相當礙事。

然後就被公會職員提醒，這才沮喪地移動到桌子旁邊。

至於達克妮絲則是在張貼任務的公告欄前，以凝重的神情煩惱之後撕下一張紙前往櫃檯，職員正在勸她。

可以聽到職員解釋一個人接那個任務太過魯莽，看來她似乎是想挑戰危險任務。

「……嗯，這次重頭來過果然沒有出錯。」

我決定當成什麼也沒看到。見到公會恢復往常的平靜後，就此打道回府。

——打開玄關的大門，只見一個喝醉酒的傢伙迎接我。

「我回來了——」

「歡——迎回來！」

看到阿克婭躺在大廳的沙發上，姿勢與我出門前一模一樣，讓我強烈覺得這次重頭來過果然打從一開始就出了差錯……

「話說回來，這棟房子以前有這麼寬敞嗎……？」

或許是因為只有我和阿克婭兩人，又或者是因為習慣四人住在這裡的日子，這棟豪宅顯得異常寬敞。

在前兩次重頭來過時，我們沒能獲得這棟豪宅。

所以也不曾像這樣靜靜環望屋內。

雖然重頭來過的過程中偶爾會和她們碰面，因此沒有察覺，但是算了一下才發現與她們分開之後已經過了大概三個月。

難怪家務輪值會這麼辛苦。

「欸，和真先生，雖然在家裡悠悠哉哉也不錯，但是偶爾也去外面的店喝一杯怎麼樣？待在這棟豪宅裡有種靜不下來的感覺。我覺得這裡對於三個人一起生活來說太寬敞了。」

「妳還真是喜歡人多的地方。是啦，偶爾去外面的店……不對，妳說三個人一起生活是什麼意思？房子裡還有別人嗎？妳是在說幽靈少女嗎？」

「哎呀，我有跟和真先生提過幽靈少女？嗯，我說的第三個人就是她。她正坐在和真的肩上，就像在玩疊羅漢一樣。」

不是，要是她真的在做這種奇怪的事，好歹阻止一下啊。

如果那兩人在場，就會吐槽這一點，只有我們兩個人感覺果然不太對勁……

我點燃能讓人重頭來過的火柴，是為了確認假如我做出其他選擇的未來。

如果我獲得外掛。

如果隊伍成員有所不同。

反正除了記憶以外的一切到了最後都會恢復原狀，那麼我想趁機看看不同的未來。

原本是懷著如此輕率的心境點燃火柴的——

【重頭來過的最後一天】

依照之前幾次的感覺，火柴也差不多快要熄滅了。

我和依然睡眼惺忪的阿克婭一大早就來到冒險者公會。

在公會裡環視四周，很快就找到想找的兩人。

「好久沒來公會了！我雖然喜歡在家喝酒，不過還是最喜歡在這個熱鬧的地方喝酒！」

「剛才說過好幾次了，我們今天不是來喝酒的好嗎？這種時候第一印象是最關鍵的，妳暫時老實一點喔？」

「好啦，你不用一直重複我也明白。偶爾也相信我一下嘛。」

如此說道的阿克婭立即研究起菜單上寫著酒精飲料的頁面。

無論重來多少次，這傢伙真的完全不聽人話。

……不對，現在光是沒有隨便亂借錢，就比之前好多了吧？

達克妮絲在招募隊員的公告欄前一張一張確認，可能是沒有找到想要的招募消息，失落地往桌子走去。

這傢伙還是一如往常，忠於自己的欲望活下去。

……不對，現在的達克妮絲依然維持著優雅，與形象崩潰還有一線之隔。

然後惠惠看起來好像已經好幾天沒吃東西了，一動也不動地趴在桌上，用無精打采的眼神望著公告欄。

要是再沒有人把她撿走，說不定真的會餓死在這裡……

我走向公會的櫃檯，跟櫃檯小姐要了一張紙。

這是用來招募隊員時所使用的紙。

「和真先生和真先生，你拿那個要做什麼？你不是一直都不想增加隊伍人數嗎？怎麼現在又想招募夥伴了？」

「那間屋子很寬敞對吧？……應該說是太過寬敞了。所以妳不覺得再多個兩人的話，感覺比較剛好嗎？」

如此說道的我寫好招募條件，便往公告欄走去。

或許在別的未來，我們會變成現在這個模樣。

但是既然已經認識她們，我便不會選擇那種未來。

當我經過她們身邊時，她們可能已經看到我手中那張紙寫的招募內容。

兩人隨著驚訝的情緒睜大雙眼，當我站在公告欄前時，背後傳來她們踢倒椅子急忙起身的聲音。

我聽著朝我走近的兩道腳步聲，將招募廣告貼上去。

「急徵！尋求能夠使用爆裂魔法的大魔法師，還有防禦力高的十字騎士。只要滿足以上

條件即可，對於其他方面沒有要求。目前隊伍成員為一名新手冒險者，以及一名愛喝酒的大祭司。有雄心想打倒魔王的人，請洽——」

就在我再次檢視自己寫下的荒唐招募條件時，背後傳來兩道耳熟的聲音向我搭話——

10

「……所以第三次重頭來過的情況大概就是這樣，最後還是一如往常和妳們住在一起。後來的情況大家都很熟悉了，只要我不把阿克婭看緊一點，她就會跑去借錢。我得到處奔走四處為惠惠幹的好事道歉。至於達克妮絲的事不適合在光天化日之下明講，所以省略。」

被綁住的我將之前幾次重頭來過的過程一五一十說了出來。

當我回過神來，就發現自己不知為何被綁起來。

「你還真是為所欲為，完全超出我的想像。還有你的脾氣也太差了！犯下那點小錯的人可是我，你要對我更加寬容，然後用寬闊的胸襟原諒我才對！」

「要是你以為最後把故事說得感人一點就能獲得原諒，那就大錯特錯了！為什麼每次在你重頭來過時我都會差點餓死！」

「為什麼每次就只有我像是附帶一提一樣！明明平常都用色瞇瞇的眼神看著我，卻表現得像是對我完全不感興趣，氣死人了！」

三人圍住被綁起來的我，你一言我一語地抱怨。

然而我在經歷三次重來的人生後，就連她們的怨言都感到懷念。

雖然對她們來說也許只是一瞬間的事，對我來說卻是久違的體驗。

因此今天的我能面帶笑容，以寬闊的胸襟包容一切。

「……欸，惠惠，和真先生是怎麼了？即使被綁起來依然笑嘻嘻的，莫非是達克妮絲的愛好傳給他了？」

儘管我很想吐槽不要把人說得好像變態，但是這點程度的嘲諷還是能夠輕鬆包容。

「妳這麼說對達克妮絲太失禮了，這個男人有時候就是會這樣。即使是興奮起來的達克妮絲，表情也不會這麼猥瑣。」

……沒事的，我還能忍。雖然我無法忍受阿克婭對我挑釁，但是我還……

「等、等一下，我平常的表情跟他現在差不多嗎？妳們這樣說太傷人了！」

…………

「吵死了——！每次我重頭來過就聚集起來妨礙我！我要重來，重頭再來一次！然後找

不會扯我後腿，既乖巧又可愛的隊友一起組隊，過上幸福的冒險生活！」

我只不過是安靜一點，這些傢伙就這麼為所欲為！

「這個男人明明自己用完所有火柴，現在竟然惱羞成怒！我還想看自己燦爛的未來呢！你才應該想辦法讓我重頭來過！」

「達克妮絲，我們就這樣把這個男人綁起來拿去扔掉吧。然後我們三個人一起平靜生活吧。還好我們已經不用為生活煩惱，可以偶爾大家一起去冒險，或是提升等級……」

「說得也是，那種生活似乎也不壞。惠惠，妳搬那邊。這個男人不可能乖乖被扔掉的。小心別讓他使出『Steal』。」

被綁起來我像隻蝦子一樣蹦蹦跳跳，向著冷酷無情的夥伴說道：

「等等，我確實是有一點錯。不過我也無可奈何啊，誰叫妳們全都是廢柴。三個人全都是廢柴啦。」

「你、你在這種狀況居然還敢挑釁我們……」

「到底該怎麼處理這個男人呢？要是你現在好好道歉，還能原諒你喔？」

打算把我扔掉的兩人以受不了的模樣對我說道。

「喂，阿克婭。我有點事想問妳，之前家裡收到釀酒廠的帳單，那是怎麼回事？」

「你說釀酒廠啊，如果去那裡參觀，他們會提供試喝的酒喔。我常常會跑去那裡玩，不過可能是因為我太過神聖，導致釀酒廠的米麴菌都被我淨化了。我的體質本來就是這樣，所以一點錯都沒有，不過你能陪我一起去道歉嗎？」

首先是阿克婭一人出局。

「冒險者公會那邊也送了一張惠惠的帳單過來，那是怎麼回事？」

「前幾天我不是打倒很多蔥鴨嗎？我沒有顧慮到自己的等級一口氣提升很多，和平常一樣對著河川施放爆裂魔法，結果爆炸的餘波把橋炸倒了。不過就我看來，這點程度就會倒塌的橋遲早會出事。所以完全不覺得自己有做錯什麼，不過還是請你陪我一起去道歉。」

然後惠惠兩人出局。

「喂，達克妮絲，家裡收到用來拘束怪物的魔道具，妳打算用那種東西做什麼？上次才因為隸屬項圈受了不少罪，難道完全沒學到教訓嗎？」

「十字騎士永遠不會放棄，才不會因為一點失敗就灰心喪志。然後我拒絕回答要怎麼使用那個東西。」

「拒絕什麼啊，出局啦出局，再加上妳就是三人出局了！」

惠惠和達克妮絲原先想把我搬出去，現在卻小心翼翼把我放下來。在沒有任何人願意和我對上視線的情況下，一直沒有表態的巴尼爾停下手邊的工作開口：

「雖然效果不如隸屬項圈那麼強大，但是吾有款拘束型魔道具可以推薦給汝等。商品的

名字是『羈絆契約書』，簽下這份契約的人將遭受永遠無法解散冒險者隊伍的詛咒……」

「誰要那種東西啊！啊，住手！惠惠別拿！我才不會出錢買那種危險的東西！」

惠惠喜孜孜地收下契約書，達克妮絲若無其事地把錢放在櫃檯上。

住手！我才不會簽那種東西！

「因為女神不會受到詛咒，所以很遺憾，那份契約書對我無效。不過我有另一種方法可以代替那個東西，加深我們的羈絆。」

如此說道的阿克婭替我解開繩子。

……依照這個流程，我已經知道她打算提出什麼建議了。

「這麼說來，我家剛收到一些極品威勢蝦。我去拿幾隻過來吧。」

「那麼我跟和真一起去河邊進行日常鍛鍊好了。光是只有蝦可能還不夠，就用我的爆裂魔法抓一堆魚吧。」

根據達克妮絲和惠惠的說法，她們似乎也察覺了。

「是啊，和真先生無論重來幾次都會選擇我們，我們就為傲嬌的和真先生舉辦宴會吧。大家一起開開心心喝酒，暫時忘掉帳單的事，明天開始再繼續努力。」

儘管我很想要她別忘記帳單的事，但是我今天確實想喝酒。

畢竟和重頭來過那幾次的阿克婭她們待在一起時，相比之下還是有些拘謹。

雖然今天對她們來說可能和平常沒有什麼兩樣，然而對我而言，彷彿經歷了一段很長的時光。

重獲自由的我無奈地站起身來。

然後是不管重來多少次，至始至終都喜歡宴會的阿克婭高聲喊道：

「大喝特喝嘍——！」

後記

感謝各位這次購買《美好世界》的短篇集《繞道而行第3次！》。

之前出版的繞道而行是將過去寫過的特典等集結成冊，不過這本書則是全新的創作。

這是因為本書出版之際，《為美好的世界獻上祝福！》系列應該已經迎來十週年，這本書有點像是為了紀念這個日子。

《美好世界》在二〇一三年十月一日發售第一集，各位讀者陪伴這個系列整整十年的時間，我的心中只有滿滿的感激。

本書收錄的故事，在時間軸方面有些模糊。

每一集美好世界之間的時間都相當接近，所以這種短篇寫起來有點困難，各位讀者可以將本作內容視為原作第七集之後的故事。

雖然依然是沒有主軸而且熱熱鬧鬧的故事，不過仍是典型的《美好世界》日常篇章。

儘管回顧至今完成的作品，我只覺得這些角色打從網路連載時期以來一點成長也沒有，但是久違地撰寫和真他們的故事果然還是很開心，希望以後能再出版這樣的短篇集。

——接下來換個話題，電視動畫第三季的播放時間已經公布了！
雖然還不清楚具體的播放日期，不過據說是二〇二四年。
儘管是時隔許久的動畫版《美好世界》，還是希望各位都能樂在其中！

——如此這般，本書也一樣在三嶋老師及責任編輯，還有許許多多人的協助之下才能順利出版。
寫下這本書時，我成為職業作家也已經十年了，還是給很多人添了麻煩，我能為各位讀者獻上這本書，都要感謝他們的幫助。
也向拿起這本書的所有讀者，致上最深的感謝！

曉なつめ

ATOGAKI"
果然……
還是不行……
靠火柴
重頭來過的
和真先生
咕嘎

國家圖書館出版品預行編目資料

為美好的世界獻上祝福!繞道而行第3次! / 暁なつめ作 ; 貓月齋譯.
-- 初版. -- 臺北市 : 臺灣角川股份有限公司,
2024.04
面 ; 公分. -- (Kadokawa fantastic novels)
譯自：この素晴らしい世界に祝福を！よりみち3回目！
ISBN 978-626-378-853-4(平裝)

861.57 113001986

Kadokawa Fantastic Novels

為美好的世界獻上祝福！ 繞道而行第3次！

（原著名：この素晴らしい世界に祝福を！よりみち3回目！）

2024年4月22日　初版第1刷發行

作　　者：暁なつめ
插　　畫：三嶋くろね
譯　　者：貓月齋

發 行 人：台灣角川股份有限公司
總　　監：呂慧君
總 編 輯：蔡佩芬
主　　編：林秀儒
副 主 編：楊鎮遠
設計指導：陳晞叡
印　　務：李明修（主任）、張加恩（主任）、張凱棋

發 行 所：台灣角川股份有限公司
地　　址：104台北市中山區松江路223號3樓
電　　話：（02）2515-3000
傳　　真：（02）2515-0033
網　　址：www.kadokawa.com.tw
劃撥帳戶：台灣角川股份有限公司
劃撥帳號：19487412
法律顧問：有澤法律事務所
製　　版：尚騰印刷事業有限公司
ＩＳＢＮ：978-626-378-853-4